長編旅情ミステリー

奈良いにしえ殺人事件

「奈良いにしえ殺人旅情」改題

木谷恭介

祥伝社文庫

目次

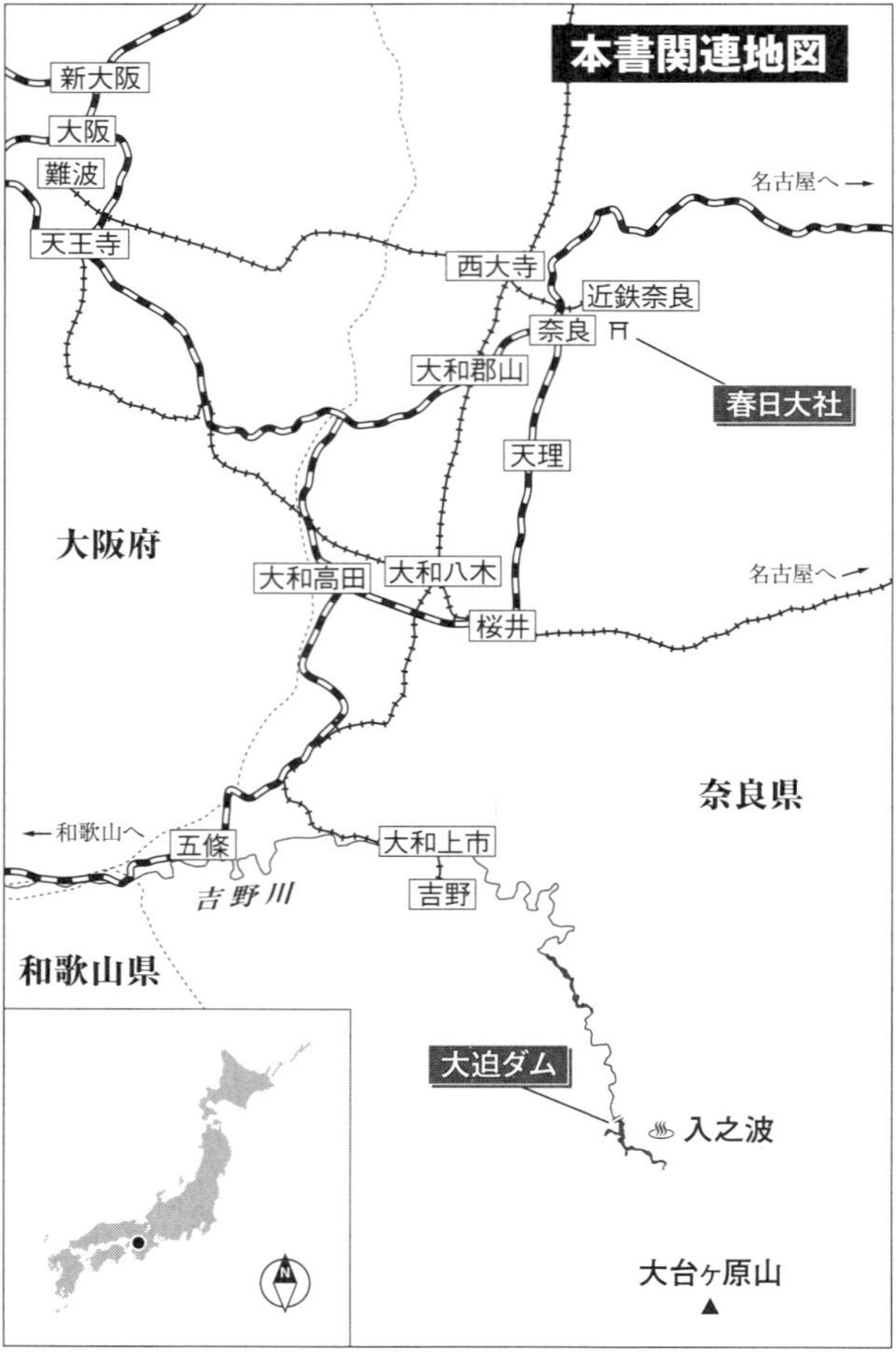

本書関連地図
新大阪
大阪
難波
天王寺
西大寺
近鉄奈良
奈良
大和郡山
春日大社
天理
名古屋へ
大阪府
大和高田
大和八木
桜井
名古屋へ
奈良県
和歌山へ
五條
大和上市
吉野
吉野川
和歌山県
大迫ダム
入之波
大台ヶ原山

プロローグ

大正八年十二月二十日朝十時。

東京品川《しながわ》の御殿山《ごてんやま》にある益田鈍翁《ますだどんのう》の邸宅の大広間、応挙館《おうきょかん》には、五十人ちかい財界の名士があつまっていた。

財界人だけでなく、美術品をあつかう老舗《しにせ》の主人もまじっていたが、どの顔にも期待と不安があらわだった。

応挙館は床の間はもちろん、襖《ふすま》や壁も円山《まるやま》応挙の絵で飾りたてられた贅沢《ぜいたく》な建物で、現在、上野《うえの》の東京国立博物館の裏庭に移築、保存されている。

益田邸は、応挙館をふくめて、一万二千坪の豪壮な大邸宅であった。

主は益田孝《たかし》、号を鈍翁という。

益田鈍翁は三井《みつい》物産の創設者であり、総帥《そうすい》であった。

「では、時間がまいりましたので、予備抽選をおこないたいと存じます」

世話人の元中外商業新報社長《ちゆうがいしようぎようしんぽう》、野崎幻庵《のざきげんあん》はさきほどから何度となくそう切り出すのだが、

「ちょっと待ってくれ。小用じゃ」

お手洗いへ立つ名士がいた。その人が戻って来て、さあいよいよと思うと、

「わしも生理的要望もだしがたくなったわい」

また、ひとりが立つ。

それどころか、庭の木の陰で両手を合わせて拝《おが》んでいる者もいれば、座敷に坐っているものの、ひたすらお守り袋をにぎりしめ、小声で念仏を唱《とな》えている者もいた。

誰もが目の色をかえていた。

相撲の立会いのように、息が合わないのだ。

そんな緊張が三十分あまり、つづいただろうか。

「では、予備抽選をおこないます！」

野崎幻庵はひときわ高く、声をはりあげた。

本抽選の順番をきめる予備抽選がおこなわれ、つづいて本抽選に入ったとき、大広間は一瞬、水を打ったように静まり返った。

冗談はおろか、咳《せき》ひとつする者もなかった。

この日の出来事を、大正八年十二月二十一日付けの東京朝日新聞は、

信実《のぶざね》の三十六歌仙、ついに切り売りとなる。

総価は三十七万八千円

最高は『斎宮女御《いつきのみやにようご》』の四万円

昨日、益田邸に数奇者《すきしや》四十余名、集合して抽選で配分

と大見出しで報じ、記事の最後を、『あわれ佐竹《さたけ》家の名物も切り売りの悲運におちいった』と結んでいる。

その日、抽選で切り売りされたのは、秋田二十五万石の藩主・佐竹家が所蔵していた『三十六歌仙絵巻』であった。

三十六歌仙とは、そのむかし、藤原公任《ふじわらのきんとう》が古今のすぐれた歌人三十六人をえらんだことにはじまる。

柿本人麿《かきのもとのひとまろ》、大伴家持《おおとものやかもち》、紀貫之《きのつらゆき》、在原業平《ありわらのなりひら》、小野小町《おののこまち》……。

三十六人の歌人の絵姿は、その後、数々の著名な絵師によって何回となく描かれた。

その数多い『三十六歌仙絵巻』のなかで、最高の傑作とされているのが、この日、切り

売りされた佐竹本『三十六歌仙絵巻』であった。

絵師は似絵《にせえ》（肖像画）の名手、藤原信実、歌は後京極良経《ごきょうごくよしつね》の筆になるといわれている。

いまから約七百年まえ、鎌倉時代の作で、現存する最古の歌仙図であった。

明治のころ、日本の絵巻物で最高とされたのは、鳥羽僧正《とばそうじょう》が描いた『信貴山《しぎさん》縁起絵巻』であり、『伴大納言《ばんだいなごん》絵詞』であった。

この二巻を東西の横綱とすると、佐竹本『三十六歌仙絵巻』は、京都・栂尾《とがのお》の『高山寺《こうざんじ》絵本』とならんで、大関クラスであろう。

切り売りされなかったとしたら、国宝に指定されていることは間違いない。

いや、切り離されたのちも、三十一点が重要文化財に指定されている。

このとき、岩原謙三《いわはらけんぞう》（芝浦製作所社長）の手に落ちた大伴家持は、故松下幸之助《まつしたこうのすけ》の所有として文化庁に届け出されていた。馬越恭平《まごしきょうへい》（大日本麦酒社長）が入手した在原業平は、めぐりめぐっていまは大阪の料亭『吉兆《きっちょう》』に収まっている。

また、現在の『文化財保護法』のもととなった昭和四年の『国宝保存法』などの法律は、この三十六歌仙切断、さらに昭和にはいってからの『西本願寺《にしほんがんじ》三十六人集』の分割事件がきっかけとなって制定されたのであった。

では、なぜ、『三十六歌仙絵巻』は切り売りされたのか。

理由はただ一つ。

三十八万円という金額が高すぎて、個人では買い切ることができなかったからだ。いまのように国家が買いあげる制度もなかった。

大正八年の三十八万円はいまの三十八億円以上であろう。

大工の日当が一円五十銭、小学校教師の初任給が十二円から二十円の時代であった。現在、千円の天丼が、当時は二十五銭であった。

千八百円のうな重が四十銭、千五百円のにぎり寿司が十二銭であった。

品川御殿山に一万二千坪の大邸宅をかまえる三井物産の総帥、益田鈍翁をもってしても、たやすく買いきることのできない金額であった。

では、なぜ抽選が行われたのか？

斎宮女御の四万円を筆頭に、色あでやかな十二単衣《ひとえ》姿の女ものには高い値段がつけられたが、買うのなら華《はな》やかな女ものを欲しいと思うのは人情であった。

逆に僧侶や黒装束の男ものは人気が薄かった。

ともあれ、佐竹本『三十六歌仙絵巻』上下二巻は、下巻の初めに描かれている住吉《すみよし》大明神一枚をくわえて、三十七枚に切断された。

くりかえすが、大正八年十二月二十日のことであった。

第1章　奈良春日大社《かすがたいしゃ》・万燈籠《まんとうろう》の夜

1

春日大社《かすが》の大鳥居をくぐると、参道の両側に立つ石燈籠の灯影《ほかげ》がゆれていた。

奈良公園のほぼ中央に立つおおきな鳥居が一の鳥居で、ここから社殿まで、千三百メートルが表参道であった。

「そうか。わたし、ここは奈良公園だとばっかり思っていたけど、春日大社の参道なんだ」

川添久美子《かわぞえくみこ》がはじめて気がついたというように、辺《あた》りをみまわした。

一昨日降った雪がそこここに残っていた。

公園の木々にも雪が積もり、その雪のうえで燈籠の灯影がゆれている。

「そうよね。春日大社の参道が奈良公園なんだ」

蔦沢智乃《つたざわちの》も立ち止まって左右をみた。

夜の闇のなかに茶店の明かりが、ほのかに浮きあがっている。

名物のわらび餅や薄茶で、奈良のムードを味わう茶店であった。

参道の北側には国立博物館が黒いシルエットをつくっているし、東大寺はこの先を左へたどった奥になる。

この辺り一帯は浅茅《あさじ》ヶ原《はら》、その先が飛火野《とびひの》。さらに春日野とつづく奈良公園が、ここであった。

智乃も久美子も何度となく訪れている。

昼間だと公園を散歩している気分で、参道をたどっているという感じがしないのだが、いまは違っていた。

二月三日、春日大社万燈籠《まんとうろう》の夜であった。

もう夜の八時にちかい。

一年でもっとも寒い季節で、ことに奈良は冷え込みがきびしい。足元から寒さが這《は》いのぼってくるのだが、それが厳粛さを醸《かも》しだしていた。

参道を進むにつれて、参拝客が多くなった。着飾った和服姿の女性も目立った。

参道の石燈籠の数が多くなった。それとともに背後の森が深さをまし、神域らしい荘厳さが智乃を押しつつんだ。

「ね、来てよかったでしょう?」

久美子が智乃にいった。

「ほんと。すごい感動的だわ」

智乃は酔ったような気分であった。

土、日を利用して奈良へ行こう、春日大社の万燈籠なのだと誘われたとき、はっきりいって気が乗らなかった。

春日大社の境内の石燈籠は千八百余基、釣燈籠は約一千あるといわれている。

その燈籠のすべてに火がはいる。節分にちなんだ行事だと説明されたのだが、燈籠の灯だけをみに東京からでかけて行くのは、ちょっと勿体《もったい》ないように思ったのだ。

だが、実際にみる万燈籠は、幽玄《ゆうげん》なまでに美しかった。

燈籠の灯は遠くからみると、闇のなかに浮く狐火《きつねび》のように明るく、近づくと頼りなく感じるほどほの暗かった。

それでも、二の鳥居をすぎると、両側に林立する石燈籠の灯影が神域の木立に映《は》え、明かりのとどかない森の闇の凄さを演出していたし、そのともしびに導かれるように南門を入ると、本殿をとりかこむ朱塗りの回廊にさがる無数の釣灯籠が夢幻の光と影のシンフォニーを奏《かな》でていた。

釣燈籠の火袋の文様が繊細な美しさをみせ、そのかすかな明かりが、ならんで吊るされた左右の燈籠と、お互いに呼びあうように灯影をゆらゆらと揺らしているのが、神秘なムードを感じさせる。

「昼間みる錆《さ》びた燈籠もいいけど、やっぱり火がはいると最高ね」

「そう。一つひとつの燈籠が、わたしだって輝いているのよって自己主張してるみたい。すっごく健気《けなげ》な感じがする」

「これで、もう少し人がすくないとムードがあるんだけどね」

「だって、東京からわざわざ、みに来た酔狂な女性がいるんだもん」

智乃と久美子は声高《こわだか》に話しながら、人の流れに押し流されるように社殿をでた。

若草山の麓《ふもと》に沿って手向山八幡宮《たむけやま》のほうへ向かうのが順路だったが、社殿の外を半周して南門へまわった。

「万燈籠をみに来て春日若宮《わかみや》へ行かなかったら、笑われるわよ」

と、久美子がいったからだ。

「若宮って何なの？」

「春日大社の祭神の子供を祀《まつ》ってあるんじゃないの。くわしいことは知らないけど、南門から若宮へ行く道をお間道《あいみち》といって、そこが一番、石燈籠が密集してるのよ」

「じゃあ、行こう」

智乃は足をはやめた。

久美子がいったとおり、南門のところで参拝客の流れはふたつに分かれる。

南門のまえを右へ曲がるとお間道で、百メートルほど奥が若宮神社であった。

そのお間道の石燈籠は四角、六角、丸形など、形も大きさも様々であったが、数の多さは確かに壮観であった。

火を入れる火袋の部分だけ、木の枠に障子《しょうじ》のように紙が張られているものもあった。

装飾が少なくて、どこか荒々しい感じの四角形の燈籠は、気のせいか灯影もおおきいように感じられた。

「一番古いのは元亨《げんこう》三年の銘があるそうよ」

久美子は石燈籠を指差した。

「元亨三年って?」

「後醍醐《ごだいご》天皇のころよ。その次の年に年号が変わって正中《しょうちゅう》になるの。ほら、後醍醐が鎌《かま》倉《くら》幕府を倒そうとして失敗するじゃない? それが正中の変で、そのあともう一度、元弘《げんこう》の乱というのがあり、隠岐《おき》の島へ流されて、それから何年かあとで、本格的に幕府が倒れて鎌倉時代がジ・エンドになるのよ」

「へえ、くわしいのね」

智乃は感心した。

久美子は万燈籠に行こうと誘うだけあって、歴史にくわしかった。

それも当然かもしれない。

久美子の先祖は桜井《さくらい》だったか、大和高田《やまとたかだ》だったか、奈良県にあった藩の城代家老の家柄で、世が世ならお姫様の身分であった。

石燈籠の手前に木の杭が打たれ、ロープが張られていたが、久美子はロープをくぐって、石燈籠の横にからだを割り込ませた。

その久美子が石燈籠の横を覗き込んだとき、ピシッという空気を震わすような音がして、

「痛い！」

久美子が飛びあがった。

「どうしたの？」

智乃が駆け寄ったのと、

「あいつだわ」

久美子が森へ向かって走りだしたのは、ほとんど同時であった。

「久美子、よしなさいよ」

智乃は大声で呼びとめた。

久美子は狂ったように森へ走り込んで行った。

智乃も夢中であとを追った。

それでも二十メートルとは走れなかった。

冬だから下草は枯れていたが、蔓《つた》や小枝がからみあっていた。

そのうえ、雪が吹き溜まりになっていた。

一度、足をとめると、そこは真っ暗といってよい闇の世界だった。

振り返るとお間道の燈籠の灯が一列にならび、混み合う参拝客を照らしだしていた。

燈籠の灯がすぐそこに並んでいるのに、智乃の立っているところは、それこそ鼻をつままれても分からない真の闇であった。

足元の雪がほのかに雪明かりを感じさせるだけなのだ。

「久美子!」

智乃は闇へ向かって大声で叫んだ。

その声が森へ吸い込まれて行った。

何が起きたのか、智乃には判断がつかない。それでいて、大変なことが起きたような空恐ろしさが智乃をおしつつんでいた。

2

智乃はお間道の石燈籠のそばで三十分ほど待った。

不安が少しずつおおきくなってきた。

南門のところに警備の警官の詰所があったことに気づき、そこへ行った。テントが張られ、十人ほどの制服警官が詰めていた。

「友人がいなくなったのですが……」

智乃は真ん中にすわっているリーダーらしい警官に告げた。
四十五、六歳の恰幅《かっぷく》のいい警官だった。
「はぐれたのですか」

「そうじゃないんです。急に森のなかへ走り込んで行ってしまったんです」

「森のなかへ？」

警官は怪訝《けげん》な顔になった。

「ええ。あの辺りでした。石燈籠の銘を覗いていたら、痛いって飛び上がって、あの森へ走り込んだのですけど……」

「痛いというて、森のなかへ走り込んだ？　なんで走り込んだのです？」

警官は智乃の顔をみつめた。

智乃の頭を疑っている目つきだったが、そうでもなさそうだという顔になった。

「それが、わからないんです。わたし、追いかけたのですが、森のなかで見失ってしまったのです」

「順序よく話してごらん。なんで、痛いと飛びあがったのです？」

「急に飛びあがったのです。そういえば、お尻へ手をあてがいましたわ。こんなふうにして……」

智乃は自分の尻へ手をやり、久美子が飛びあがった様子をして見せた。

石燈籠を覗き込んでいた久美子は、何かに叩かれたようにからだを反《そ》らした。そのとき、三センチか五センチ、飛びあがったように思うのだ。

「あなたの住所氏名は？」

警官は落ち着いてたずねた。

「東京都豊島区《としま》南長崎《みなみながさき》三の二十×、蔦沢智乃です」

横にいた若い警官がメモした。

「森へ走り込んだ人は？」

「川添久美子です。住所は渋谷区《しぶや》鉢山町《はちやまちょう》十×、メゾン代官山《だいかんやま》一〇一号室です」

「年齢は？」

「わたしも久美子も二十三歳です」

「旅行中ですね。どこに泊まっていますか？」

「池畔亭《ちはんてい》ですけど……」

「じゃあ……」

警官はメモを取った若い警官に目配せした。

「見てみましょう。その石燈籠というのはどこですか？」

若い警官は智乃をうながすように先に立つと、きびきびした動作で歩き出していた。

智乃は若い警官のあとを追った。

「何もなかったのに、急に飛びあがって、森のなかへ走り込んだのですか？」

テントから離れると、若い警官は智乃へ顔を振り向け、親身な表情でたずねた。

「ええ。春日大社で一番古い石燈籠が、この辺りにあるって銘を覗き込んだんです。その直後に飛びあがったんです……」

「変な話ですね」

「ええ。わたしも何がなんだか、分からなくて」

「お友達のちかくに誰かいなかったのですか」

「いませんでした。燈籠のそばにいたのは久美子ひとりでした。わたしは一メートルほど離れて、久美子をみていたのです」

参詣客でごった返すお間道を石燈籠まで引き返した。

「ここです」

智乃は問題の石燈籠のまえで足を停めた。

久美子がしたように石燈籠の横へまわり、銘を覗き込む姿勢をとった。

お尻が森のほうへ向く姿勢になった。

「それで、どっちのほうへ走り込んだのです?」

「この方向です」

智乃は指を差した。

暗い森が静まっていた。

「じゃあ、ちょっと行ってみましょう」

警官は懐中電灯を点《つ》けて森へ入った。

だが、二十メートルほど分け入ったところで足を停めた。

電灯を森の木々に当てた。

落葉樹のなかに常緑樹がまじって、森がどこまでもつづいているばかりであった。

「友達はあなたを驚かせようと思って、悪戯《いたずら》をしたのやないんですか？」

警官は腰をかがめて、森のなかを見通すように目をやりながらいった。

懐中電灯を照らすと、森のなかは意外に雪が深かった。それでも新雪のままといった感じではなく、鹿や人の通った跡《あと》が結構ついていた。

森が深いようでも奈良公園の一部なのだ。昼間、雪のなかを散歩した人が少なくないのだろう。

「でも、もう三十分以上になるんですよ」

「悪い冗談やけど、旅館へ帰ったのと違いますか」

「こんなところからですか」

「夜はこうですが、これでも奈良公園の一部やさかいね。小径《こみち》があるんです。小径へ出たら、あとは迷うことはないと思うけどね」

警官は参道のほうへ電灯を向けた。

木々の茂みをとおして、燈籠の明かりが点々とつづいていた。

森のなかは真っ暗だが、それだけに燈籠の灯がくっきりとみえる。普通の夜とは違って、今夜は目標があることはたしかであった。

「そんな悪戯はしないと思いますけど……」

智乃は口ごもるようにいった。

そんなたちの悪い悪戯はしないと思うのだが、そういわれてみると、久美子は走り出すとき、

「あいつだわ！」

と、低い声で叫んだ。

追いかけるように森のなかへ走り込んで行った。

あいつとは誰のことなのだろうか。

森のなかに誰か知っている人物がいたのかもしれない。

そう言えば、痛いといって久美子が飛びあがったとき、ピシッという音が森のなかでした。

あの音は何だったのだろうか。

それも分からないが、久美子は自分から走り込んで行ったのだ。

智乃は見失ったが、久美子はもっとはいり込んだところで、〃あいつ〃に追いついたのかもしれない。

そうだとすれば、〃あいつ〃と一緒に旅館へ帰ったかもしれない。

そんな気がしてきた。

「じゃあ、わたし、旅館へ行ってみます」

智乃は警官にいった。

「そうしなさい。それで、旅館に帰ってないようやったら、警察へ電話をください」

若い警官はそういい、お間道へ戻ると軽く敬礼をした。

――冗談じゃないわよ。もし、旅館に帰っていたら、ただじゃすまさないから！

智乃はプンプンだった。

3

池畔亭は一の鳥居のすぐ近くにある和風の旅館であった。

その名のとおり、荒池《あらいけ》という池に臨《のぞ》んで建っていて、池をへだてて『奈良ホテル』の古風だが風格のある建物と向かい合っていた。

「お帰りなさいまし……」

玄関で歳のいった番頭さんが迎えてくれた。

「あの、わたしと一緒だった川添さん、帰っています?」

「いえ、ご一緒やなかったのですか」

番頭はいぶかしそうにたずね返した。

「帰っていません?」

「帰って来はったんかいな。わたしは気がつかんかったけど……」

番頭は壁で目隠しした靴入れを覗き、

「やはり、お帰りになってないようです」

念をおすようにいった。

智乃は帳場で鍵を受け取り、走るように部屋へ行った。ドアを開け、電灯のスイッチをつけた。

四畳の次の間のある十畳の部屋には暖房がはいっていたし、布団が二つ並んで敷かれてあった。

だが、久美子が先に帰って来た気配はまったくなかった。

第一、帳場に鍵が預けたままだった。

履いて出た靴もない。

久美子が戻って来なかったことは明らかであった。

――どうしたのかしら？

智乃は窓辺のソファーに腰を落とし、腕時計へ目をやった。九時を十分ほどまわっていた。

久美子が森のなかへ走り込んで行った時刻は、はっきりしないが、万燈籠をみに旅館を出たのは七時すこしすぎであった。

参道を歩いたのが十五分、春日大社の社殿のなかにいたのが十分ほど、社殿を半周してお間道へ行くのに十分ほど。久美子が走り込んで行ったのは、八時すぎの見当だろう。

それから一時間あまり経っている。

久美子はどこへ行ったのだろう？

〝あいつ〟というのが誰で、その〝あいつ〟と何をしているのか、智乃にはまったく分からない。

――やはり、警察へ電話したほうがいいのかしら。

智乃は迷った。

電話したあとで、

「ごめん、ごめん……」

久美子がひょっこり帰ってくるのではないか、という思いもするし、いまこの瞬間、何か大変なことが起きているようにも思える。

智乃は一度、腰をおろしたソファーから立ち上がると、部屋を出た。帳場へ行った。

「すみません。警察へ電話したいのですが……」

帳場の仲居《なかい》に告げた。

「どうかしはったんですか」

仲居は驚いた顔になった。

「春日大社から若宮へ行くお間道で、わたくしと一緒だった川添さんがいなくなったのです。そのことは警備のお巡りさんに知らせてあるのですが……」

もしかすると先に帰ったのではないか。

警官にそういわれたから戻って来た。だが、久美子は戻って来ていない。それを知らせて捜してもらいたいのだ。

智乃はそう告げた。

「どなたか知り合いの人と、お会いになったんと違いますか」

仲居は心配顔をつくりながら、どこかたかをくくったような口ぶりでいった。

「いえ、そうじゃないんです」

智乃は久美子が森のなかへ走り込んで行ったことを話した。

「おかしなことですな。けど、若宮からこっちの森は、そんな迷うような森やあらしません。大事ないと思いますけどな……」

仲居はそういいながら、帳場の壁に貼ってある番号表を見つめ、ダイヤルを回した。

「もしもし、こちら池畔亭ですけど、うちへお泊まりのお客さんで、お帰りの遅れてはる方がいはるんです。ちょっと電話、代わりますさかい……」

受話器を差し出した。

「わたくし、万燈籠を見に東京から来た蔦沢智乃と申します……」

智乃は春日大社を警備していた警察官に話したことを、くり返して説明した。

「それで、警備の警官に事情を話したのだね」

太い声の警官がたずね返した。

「はい。若いお巡りさんが、旅館へ戻って、川添久美子が帰ってないようなら、電話をしなさいといってくださったのです」

「わかりました。こちらから警備のほうへ連絡をします。まだ、この時間だから、帰ってくると思うが、あなたが捜しに出たりしないように。何かわかったら連絡します。旅館の部屋の名前は？」

「飛鳥《あすか》です」

「わたしは赤木《あかぎ》といいます」

警官は名前を告げて受話器を置いた。

「すみませんでした……」

智乃は仲居に礼をいって部屋へ戻った。

部屋の隅に智乃の旅行カバンと並んで、久美子のバッグも置かれてある。

智乃はソファーへ坐った。

落ち着かなかった。

テレビを点けた。

画面に春日大社が映り出た。

照明に浮かび出た南門であった。二層朱塗りの楼門《ろうもん》が闇のなかにそそり立っている。

朱塗りの楼門と白壁、吊るされている燈籠の灯。ライトを浴びた楼門が不気味な凄味を感じさせるのは、背後が闇だからだろうか。

南門は参詣客でごった返していた。

「こうして立っていましても、すごく寒いです。底冷えのする古都奈良は万燈籠で賑《にぎ》わっております」

中継の女性アナウンサーがアップになり、画面はスタジオのアナウンサーに切り替わった。

智乃はニュースを見つめた。

久美子の事故が報じられるのではないか。

そんな不安が画面に目を釘づけにさせたのだが、もちろん、そんなニュースはなかった。

4

警察からは何の連絡もなかった。

智乃は時間の経過を待つだけのためのような、ときの流れにまかせるしかなかった。

十一時になったころ、電話が鳴った。

慌《あわ》てて受話器をとると、

「警察ですが、まだ帰って来ませんか」

赤木と名乗った警官の声がひびいた。

「はい、帰って来ません」

「奈良に知り合いがいるのではないですね」

「ええ。そんな話は聞きませんでした」

「若いから誰かに誘われて、あなたが心配しているのも知らずに、遊びまわっているのでではないですか」

警官は気楽に考えているようであった。

「そんなことはないはずですが……」

「今夜は奈良公園一帯に警備の警官が出ています。事故があったという報告もありません。もうすこし様子をみることにしましょう。変わったことがあったら、また連絡します。さっきもいいましたが、あなたが捜しに出るようなことはしないでください」

警察官はそういって電話を切った。

智乃の不安はますますおおきくなった。

電話をくれたのはいいが、今夜はこれで打ち切りだと、遠回しに告げたのではないか。突き放されたような気分がするのだ。

こんな時間になっても帰って来ないのは、何かあったとしか考えられない。

久美子はあの森のなかで、足でも挫《くじ》いて歩けなくなり、助けを求めているのではないか。

それとも、〝あいつ〟とトラブルを起こし、どこかへ連れて行かれたのではないか。

智乃の想像は悪いほうへ悪いほうへと広がって行くのだ。

智乃は窓を開けた。

凍るような夜気が流れ込んで来て、思わず身震いがした。

池の向こうの丘のうえに建つホテルの灯もほとんど消えてしまっている。西の空がほのかに白いのは町の明かりのせいだろうか。それともここからは見えないが、月が出ているのだろうか。

空は一面の星であった。

その星も凍るように瞬《またた》いている。

池の左手の道路を車が一台、走りすぎて行った。

ヘッドライトが闇を切り、坂をくだるブレーキの音が軋《きし》んだ。

この寒さのなかを、久美子は何をしているのだろうか。

やり切れないような苛立《いらだ》ちと不安が智乃を包んでいる。

警察にとめられたからではないが、智乃が捜してみつけることができるとは思えなかった。

じっとしているのが苛立たしいが、待つしかないことは分かっている。それでいて落ち着くことができない。

ソファーから立ってテレビを消し、服を着たまま布団のうえに横になった。

神経がたかぶって眠るどころではなかった。

もし、久美子に万一のことがあったら、どうすればいいのか。

智乃はぼんやりと天井を見つめながら、最悪の場合を考えていた。

久美子とは大学で一緒だった。

久美子の住んでいる代官山のマンションにも、何度となく泊まったことがある。都心の一等地に建っているすごく豪華な億ションだった。

久美子は幼いころ父親を亡くし、母と二人で暮らしていたが、その母親も大学へ入って間もなく亡くなり、天涯孤独な身の上であった。

いくら天涯孤独といっても親戚はいると思うが、もし、久美子がこのまま姿を見せなかったら、どこへ連絡すればいいのか。

そんなことまで不安になってくるのだ。

——親戚といえば、久美子は奈良県に親戚があるはずだわ。

智乃は思い出した。

桜井市か大和高田市かの藩の城代家老の家柄だと聞いた記憶がある。

桜井や高田って、どの辺りなのだろう？

智乃は旅行カバンから時刻表を取り出し、まえのほうについている地図をひろげた。

桜井はすぐわかった。

奈良からJR関西本線のほかに、もう一本桜井線が出ていた。奈良から南へ向かい、天《てん》理《り》をとおって桜井へ通じていた。

駅の数で奈良から九つ目であった。

大和高田はすぐには見つからなかったが、よく見ると桜井線をさらに先へたどった先が高田であった。

近鉄《きんてつ》の大阪線もとおっていて、近鉄の駅名は大和高田になっていた。

桜井までは各駅停車で三十分たらず、高田までも五十分とかからない。

もっとも時刻表の地図だから、おおよその見当はつくが、正確な位置関係はわからない。

まして、どんな町なのかはまったく察しようがなかった。

――だけど、まさかわたしを置いてけぼりにして、親戚のところへ行くなんてこと、あるわけがないわ。

そんなことを考えているうちに、いつとなく眠ってしまったらしい。

はっと気づいたとき、窓が白んでいた。

時計を見ると七時十分まえであった。

智乃は飛び起きて、コートを着込み、スカーフを首に巻いて部屋を出た。

玄関で番頭が掃除をしていた。

「お連れの方、昨日帰ってみえなかったですか」

番頭が心配顔でたずねた。

「ええ。ですから行ってみようと思うんです」

「今朝も寒うございますよ」

番頭は智乃と戸外を交互に見ながら、靴をそろえてくれた。

夜が明けかかっていた。

あと、五分か十分もすれば、日が昇るだろう。

夜か朝かといえば、もう朝といっていい。番頭は明るさを判断したうえで、靴をそろえてくれたようだ。

「お気をつけになって……」

番頭の声を背中に聞いて、智乃は旅館の門を出た。

登りになっている道の斜め向かいが一の鳥居であった。

参道を小走りに急いだ。

吐く息が白い。頬がピリピリするようだ。

参道は昨日の万燈籠の名残《なご》りだろうか。ゴミが散らばっていた。春日大社の紙のお守り札が朝露に濡れて落ちていた。

浅茅ヶ原、飛火野とつづく奈良公園の木立のあいだを、うっすらと靄《もや》が流れていた。

万葉植物園を左に見ながら、道なりに進むと二の鳥居であった。

道は春日大社の南門へ出た。

そこをお間道へ折れた。昨日の石燈籠がどれなのか、同じ形なのではっきりと分からなかったが、森へはいった。

智乃の足元で霜柱がくずれた。

足元に注意しながら二十メートルほど歩いて、辺りをみまわした。

森といえば森だが、暗かった昨日とは違って、見通しがよかった。木の茂みもまばらだし、鹿で有名な奈良公園だけに、木のあいだに鹿の通り道がついていた。

さらにすこし進むと人の歩く小径に出た。

智乃のまえを鹿が悠然と横切って行った。

鹿は智乃のまえで振り向き、挨拶をするように首を縦に振った。

智乃を見つめて、しきりと首を振りつづけている。その目がつぶらだった。

餌をせがんでいるのだろうが、かまっている余裕はなかった。

「ねぇ、この辺りで久美子を見掛けなかった？」

智乃は鹿に話しかけながら、木のあいだを透《す》かして何度となく周囲を見回した。

木立のあいだから朝の光が射している。

久美子は赤いコートを着ていた。

枯れ草とくすんだ常緑樹の緑のなかで、赤いコートは目立つはずだが、それらしいものはどこにも見当たらなかった。

智乃はまえへ進もうとし、はっと足をとめた。全身を硬《かた》くさせた。

五十メートルと離れてない木立のあいだを、さまようように歩いている男の姿が目にはいった。

歳は三十そこそこであったが、動きや身のこなしに若々しさがまったく感じられなかった。みつめている智乃にも気づかず、虚《うつ》ろな感じでふらふらと歩いて行く。

〈あのひとも誰かを捜しているのだろうか〉

智乃はそう思ったが、声をかけるのが恐ろしかった。

幽鬼《ゆうき》。

そんな感じがした。

智乃は男がとおりすぎるのを待って、森の奥へつづく小径をたどった。

小径の両側はアセビの森であった。

お腹を空《す》かせている鹿もアセビの葉は食べない。

毒があるからで、鹿に食べられることのないアセビは、ほかの種類の樹木をおさえ、アセビの純林をつくったのだといわれている。

〝ささやきの小径〟と呼ばれているのは、たぶんこの小径だろう。

石ころの多いゴツゴツした小径はくだり道になりながら、常緑の葉をたれかけているアセビの森を、ゆるやかに曲がりながらつづいていた。

智乃はところどころ、小径から外れて森へはいり、辺りを見回した。

赤いものはどこにも見当たらない。

斜めに射し込む朝の光がしだいに明るさを増してくる。

森のなかの小径を智乃ひとりで歩きまわっても、危険は少しも感じない。

だが、久美子が倒れている気配はどこにもなかった。

5

智乃は警察へ正式に捜索願を提出した。

旅先の出来事なので、久美子の顔写真がなかったから、これは東京へ帰ってから送ることにして、住所氏名、現在勤めている会社名、それに身長一六〇センチ、体重四七キロ、瓜実顔《うりざね》で色白、髪は背中に垂れるほど長く、淡いピンク色のワンピースを着て、コートは赤、持ち物はルイ・ヴィトンのショルダーバッグなど、必要な事項を記入し、係の警察官から簡単な事情聴取を受けた。

昨夜、警備に当たっていた警官でも、電話で話した赤木という警察官でもなかった。

「で、家族には連絡しましたか?」

警察官は当然のことのようにたずねた。

「それが、川添久美子には家族がいないのです」

「家族がいない?」

「はい。ご両親が亡くなられて、ひとり暮らしをしているのです」

「ほう、あなたとおない歳ですね。しかし、親戚はいるでしょう」

警察官はちょっと痛ましそうな顔になり、そうたずねた。

「久美子は東京の生まれですけど、お家は桜井市か大和高田市の出身だと聞いてます。昔の藩の家老の家柄だそうです」

「家老の家柄？　桜井や高田に大名がいたかな」

警察官は首をひねり、

「ま、いいでしょう。川添さんの勤めている会社へ問い合わせることにしますから。日《にっ》商《しょう》物産なら一流の商事会社です。履歴書にくわしく書かれているでしょうからね。どうも、家出のようなのと違って、事件の匂いがしますね。できるかぎり調べることにします」

警官はてきぱきと手続きをすませた。

事情聴取といっても、春日大社から若宮へ通じるお間道で起きた突飛《とっぴ》な出来事以外は、話すことがほとんどなかった。

大学のころからの交遊とか、久美子との話のなかで出たさまざまなことを聞かれたし、智乃もありのままを話したが、昨夜の事件に関連したことはまったくなかった。

大学を出てから、久美子とは月に一度ぐらいの割で会っていた。

銀座《ぎんざ》か渋谷で会い、映画を見たり、簡単な食事をして雑談をする程度であった。

久美子には恋人がいるようにも思えなかったし、私生活の深刻な話もなかった。天涯孤独な久美子だが、それはそれで気楽な独身の暮らしを楽しんでいたように思う。久美子はひとりで暮らすことを、それほど淋しそうにしている様子はなかった。両親がいて、妹と弟がいる智乃から見ると、誰からも干渉されずに、のびのびと暮らしている久美子が羨《うらや》ましく思えなくもなかった。

そんなことを係の警察官に話して、智乃は警察を出ると、近鉄の奈良駅から京都へ出て、東京へ帰ることにした。

予定では唐招提寺《とうしょうだいじ》など西の京をまわることになっていたが、そんな気持ちにはなれなかった。

智乃が東京の家へ帰りついたのは、午後二時すこし過ぎであった。

「どうしたのよ。えらく早かったじゃないの」

母が怪訝そうにたずねた。

「それが大変なことになっちゃったのよ」

智乃は久美子が失踪《しっそう》したことを話した。

「まあ!」

母は眉をひそめた。

日曜日なので、妹も弟も外出していた。

「どうもおかしい話だね」

横で聞いていた父の敏生《としお》がいった。

「そうなのよ。帰りの新幹線のなかで考えたのだけど、久美子ってそんな無責任な性格じゃないのよ。わたしなんかよりずーっとよく気のつく性格だから、旅館に電話することもできないような、何か大変なことがあったのだと思う」

「それはそうだが、久美子さんは自分で森のなかへ走り込んで行ったのだろう？」

父はつづけてたずねた。

「ええ、あいつだって、いったように思うけど、すごい勢いで走り込んで行った」

「森のなかに誰かいたのかい」

父は冷静にたずねた。

工作機械の会社のエンジニアであった。今年五十四歳になる。普段は無口だし、智乃のすることにも黙って見守ってくれているが、事がことだけに口を出さないわけにいかなかったのだろう。

「わたしは気がつかなかった。石燈籠の手前に杭が打ってあって、ロープが張ってあった。それでもはいっているひとはいたようだけど、久美子は真っ直ぐに森の奥へ走って行ったのだから、あいつも誰も、みわける余裕なんかなかった……」

「そのまえに森のなかでピシッという音がしたのだったね」

「ええ、ピシッというかプシュッというか、何かをたたくような音だったけど……」

「その音がして、久美子さんが痛いといったのだね。お尻を押さえて」

「そうなのよ。音がしたのと、久美子が痛いって飛びあがったのは、ほとんど同時だったと思うけど、あとで電車のドアを開けるときの音に似てると、思いついたのよ」

あのときは、似たような音を聞きなれているように思ったが、帰りの電車で気がついた。電車のドアが開くときの圧搾《あっさく》空気の音であった。

もっとも、森のなかで聞こえたのは、電車のドアのようにおおきくはない。もっとちいさくて鋭い音であった。

「空気銃のような音かな」

父はそういい、

「しかし、普段と違って警備の警官が出ていたのだから、そんなものを持って森のなかから久美子さんを狙うことはないだろう」

自分のいったことを否定した。

「空気銃ってそんな音がするの?」

「電車のドアと原理はおなじだからね」

「空気銃って威力はどうなの？」

「いまはかなり威力の強いのもあるよ。空気銃だって持つのに許可がいるほどだからね」

「でも、久美子、すごい勢いで走って行ったのだから……」

智乃は首をかしげた。

打たれて傷をおったとしたら、あんなに勢いよく走ることはできなかったはずだ。森のなかから空気銃をうった人物がいたとしても、弾はあたらなかったのだろう。久美子が傷ついたとは思えなかった。

「ま、警察に届けたのだから、二、三日、様子をみることにしなさい。あまり心配しないほうがいい。三日も経って、久美子さんが現われないようだったら、そのときはお父さんも本気で対策を考えてあげる」

「はい……」

智乃は父をみつめた。

普段は優しいだけの父が、ひどく頼りになった。

6

その日の夜、智乃は久美子のマンションへ電話を入れた。

ひょっこり帰っているのではないかと期待したのだが、ベルが鳴り続けているだけであった。

翌日は久美子の会社へ電話したが、

「川添さん、お休みなんですよ」

同僚の女性事務員がのんびりと答えただけであった。

マンションの電話は依然として、ベルが鳴るばかりだった。

その次の日、智乃は会社の帰りに久美子のマンションへ寄ってみた。

東横線《とうよこ》の代官山駅で降りて少し歩くと、植え込みの木々が多くなった。この辺りは東京でも屈指のお屋敷町で、爪先《つまさき》あがりの坂道の左にはエジプトやセネガルなどの大使館が散在しているし、コンクリートの箱のような無粋なマンションは少ない。

久美子の住んでいるマンションも、鬱蒼《うっそう》とした植え込みのなかに隠れるように建っている。

戸数は十戸ほどだが、赤レンガ造りの重厚なメゾネットタイプのマンションであった。

久美子は冗談めかして、世が世ならお姫さまのような身分だったといったが、このマンションは林のなかの城塞を連想させた。

智乃が知り合った五年まえでも、億を越えていたのだから、いまでは二桁《けた》の億に値上がりしているはずであった。

間取りや部屋の造りは注文でつくられていて、六畳の和室は数寄《すき》をこらした茶室になっていたし、室内の坪庭《つぼにわ》を挟んだ十畳の部屋は床の間つきの和室で、さらに納戸《なんど》は厳重な耐火設備がほどこされていた。

もっとも、久美子はそうした部屋を使いづらいと嘆いていた。

ダイニングキッチンとリビングルームだけでも三十畳ちかい広さなのだ。ひとりでは広すぎるため、久美子は二階だけを使っていた。

その二階だけでも、普通のマンションよりおおきかった。トイレもバスもキッチンもあった。

智乃は玄関ホールの左手にある管理人室をたずねた。

管理人はちょっとネクラな感じのオジさんだが、顔見知りであった。

智乃が事情を話して、久美子の親戚を知らないかとたずねると、

「そういえば、ここ三、四日、川添さんの顔を見ないと思っていたけどね」

管理人は入居者名簿のファイルを開いてみせてくれた。

久美子のカードは素っ気ないほど簡単な記入しかなかった。

ただ、緊急の場合の連絡先の欄に、佐久間涼男《さくますずお》（従兄弟《いとこ》）と書かれ、電話番号が書かれてあった。

住所は書いてないが、局番から想像して、浅草《あさくさ》かその先の千住《せんじゅ》だろう。東京でもまるで方向違いの下町であった。

智乃はそれを手帳にメモし、

「この佐久間涼男さんって、来たことあります？」

と、たずねた。

「ないと思うね。川添さんの親戚というのは、わたしは一人も会っていないからね。あ、そうそう。その入居者名簿だけど、川添さんが書き直したいといってね。先週の金曜日だったかな、まえのと取り替えたのだった」

「先週の金曜日？」

智乃は管理人をみつめた。

先週の金曜日といえば、万燈籠をみに奈良へ行ったまえの日であった。

書き直すといっても、記入されているのは久美子の欄と、緊急の場合の連絡先の欄だけなのだ。

書き直したのは、佐久間涼男の名前と電話番号だけとしか思えない。

「まえの名簿はここにどう書いてありました？」

智乃は連絡先の欄を指差した。

「さあ、覚えてないね」

管理人は首をひねった。

「どうして書き直すのか、理由を話しませんでした？」

「いや、聞かなかった。別に変わった様子もなかったがね」

管理人は何気なくこたえ、

「あ、いま思い出したのだが、三か月ほどまえだったかな、若い女がここに川添さんが住んでいるかと聞きに来たことがあった。けばけばしい化粧をしていたね。ホステスかなんかだと思うけど……」

「ホステス？　何を聞いて行ったんですか」

「いや、住んでるかと聞いていっただけだよ。そのあと一、二度、そのまえをうろうろしているのをみかけたように思うが……」

「そのこと、久美子に話しました?」

「ああ。川添さんも、誰かしら、嫌ねぇといっていたね」

智乃は胸騒ぎをおぼえた。

そのホステスが久美子の消えたことと関係しているように思うのだ。

「久美子が帰って来たら、何をおいてもわたくしのところへ電話するようにつたえてください」

自分の家の電話番号を書いて渡すと、管理人室を出た。

念のため、玄関ホールの久美子の郵便受けを覗いてみた。新聞が溢《あふ》れていたが、郵便はダイレクトメールが二通入っていただけだった。

智乃は廊下をたどって、久美子の部屋の前に立った。ノブを回してみた。鍵は掛かっていた。

このマンションは管理人が合鍵を保管してないことを知っている。

何かトラブルがあったとき、疑いを受けるのを恐れて、鍵は入居者だけが持つシステムにしているのだろう。

今日は久美子の連絡先を聞きに来ただけだから、部屋のなかへはいることは考えてなかったが、この次くるときは、鍵を取り替えるか、隣の部屋からベランダの仕切りを破って通り、ガラス戸を壊《こわ》すしかないはめになるのはあきらかであった。

春日大社の森へ久美子が消えて、すでに三日が過ぎている。

久美子の身の上に何かがあったことは間違いない。

何があったのかは分からないが、大変なことが起きた。命にかかわることなのではないか。もしかすると久美子はもう生きていないのではないか。

智乃は重苦しい胸騒ぎをおぼえるのだ。

智乃はマンションを出ると、東横線の代官山駅へもどり、駅前から佐久間の家へ電話をかけた。

ここもベルが鳴りつづけている。

従兄弟というのだから、まだ独身なのだろうか。

勤め先から戻ってこないのかもしれない。

智乃は受話器を置き、家へ帰ってから掛け直すことにした。

だが、その佐久間涼男と連絡がとれたのは、翌々日の夜であった。

「川添久美子？　名前は知ってるけど、オレ、従兄弟なんかじゃねえよ」

久美子さんのことで、相談があると告げた智乃へ、佐久間はぶっきらぼうにいった。声の感じでは若いようだった。

言葉づかいも荒っぽかったが、無理に東京弁を話しているようで、イントネーションに関西訛《なまり》があった。

「でも親戚かなにかなのでしょう?」

「全然、違うよ。名前を知ってるだけなんだから」

佐久間はおなじことをくり返した。

「久美子さんがマンションの入居者名簿の、緊急のときの連絡先にそちらのお名前と電話番号を書いていたのですけど……」

「久美子が勝手に書いたんだろう。オレ、関係ねえよ」

「あの、どういう関係なんですか」

「それ、ひと口には説明できねえな。いろいろ差し障《さわ》りもあるし……。で、用件はなんなんだ」

佐久間は煮え切らない口調から、一転してそうたずねた。

「春日大社の万燈籠をみに行ったのですが……」

智乃はくわしく説明した。

森のなかへ走り込み、今日でもう五日、マンションへもどった形跡がない。会社も欠勤したままなのだ。

智乃としては、どうしてよいのか困っている。

「そんなこと、オレにいわれたって、どうしようもねえよ。警察に届けたんだから、それでいいんじゃねえの」

佐久間は早口にいった。何か脅《おび》えているように思えなくもない。

「でも、警察も何もいってこないんですが」

「それは警察の責任だろ？　オレ、関係ねえんだから……」

「でしたら、久美子の親戚を教えてください」

「親戚ったって、オレのほうとは縁が切れてるんだからな。久美子のおふくろでひでえ目にあったんだ。おふくろのほうの親戚を当たってくれよ」

「でしたら、その親戚を教えてください」

「そっちはオレ、知らねえよ」

智乃は腹がたってきた。

「わかりました。もう結構です。でも、警察にあなたのことを話しますからね」

「オレ、本当に関係ねえんだぜ」

佐久間は声を荒立てた。

「関係があるとかないとかではなく、久美子が緊急の場合の連絡先を佐久間さんだと書いていた。それもいなくなる直前に、佐久間さんの名前と電話番号に書き直しているのよ。その真実を話すだけよ」

智乃はそういうと受話器を置いた。

電話で押し問答をしただけだが、ひどく疲れていた。

久美子のおふくろでひどい目にあった。オレとは縁が切れている。

佐久間がいったその言葉が、智乃のなかで交錯していた。

久美子は子供のころ、父親と死別したといっていたが、母親が久美子を連れて離婚したのだろうか。

もし、そうだとしたら、久美子の失踪はそのことと何か関係しているのだろうか。

分からないことが二重になったような困惑が、智乃を包んでいる。

いや、失踪したのかどうかさえ分からない。

佐久間が関わり合うのを嫌がっているのだから、久美子の親戚を捜すしかないが、その手掛かりがまったくみあたらないのだ。

第2章　吉野川《よしのがわ》源流・大迫《おおさこ》ダムで起きた異変

1

佐久間は届け出てあるのなら、警察に問い合わせればいいといったが、智乃は奈良から帰った翌日、久美子の写真を赤木宛で送ってあった。

捜索願を受け付けた警察官が、係は赤木だといったからであった。

去年の夏、湘南《しょうなん》海岸で撮った写真であった。

その返事ももらっていない。

写真が着いたかどうかの確認をかねて、佐久間と電話で話した翌日、智乃は会社から奈良警察署へ電話を入れてみた。

「万燈籠があった翌日、捜索願を出した蔦沢智乃と申しますが、赤木さんをお願いします」

「ちょっとお待ちください」

女性の声が答え、一分ほど待たされて、

「赤木ですが、どういうご用件ですか」

奈良の旅館、池畔亭で二度電話で話した声が受話器からつたわって来た。

「川添久美子の写真をお送りしましたけど、着きましたでしょうか」

「ああ。万燈籠の夜のあれですか」

赤木はやっと思い出したようだ。

「その後、捜索してくださったのですか」

智乃は拍子抜けする思いでたずねた。

この五日あまり、智乃は痩《や》せる思いでいるのに、警察はそれほどのことと考えていないようだ。

「奈良公園を中心に該当する女性を捜したのだが、それらしい情報はまったくなくてね。で、警察庁へ送って全国へ手配してあります。こちらとしては、これ以上の手の打ちようがないのですよ」

赤木は弁解するようにいった。

「久美子はあの日から東京のマンションへもどっていないんです。もしかしたら……」

殺されたのではないか。喉まででかかった言葉を嚙みこらえた。

その思いがしだいに強くなっている。それだけに言葉にするのが恐ろしいのだ。

「あなたの気持ちは分かりますが、事件ならともかく、このての失踪や蒸発というのは、日本全国で年間、十万件以上あるんでね。もう少し様子をみたらどうですか。そうだ、失踪したお嬢さんの住んでいる所轄署に相談なさるといい」

赤木はそういいながら、ファイルをめくっていたようで、

「この捜索願は蔦沢智乃さんが提出していますな。肉親か親族に出していただくほうがいいのだがね」

ちょっと咎《とが》める口調になった。

「川添久美子は肉親がいないとお話ししましたでしょう。親戚はいると思うのですが、それが分からないので、伝えようがないのです」

「親戚を捜さなければ分からない？」

「ええ。受け付けてくださった警察の方に、そのことはくわしくお話ししました。その方、久美子の会社へ問い合わせてみると、いってくださったのですけど……」

「それなら、なおのこと、所轄署へ捜索願を提出し直してください。こちらは旅行先だか

らね。警視庁へ書類をまわして、警視庁の判断を待つことになりますよ。そちらで直接、出した方がはやいね」

智乃は話していて腹が立ってきた。

「でも、久美子の場合は普通の家出や蒸発とは違うでしょう。何か大変な犯罪に巻き込まれたのかもしれないんですよ」

「十万件の捜索願のうち、十分の一の一万人は何らかの事件に巻き込まれたか、自殺の可能性があるといわれていてね」

赤木は事務的な口調でいった。

「だったら、なおのこと捜索を急いでいただかないと……」

智乃は動悸《どうき》が激しくなるのをおぼえた。

「いわれるまでもありませんよ。急ぎたいが、警察にはそんな人員も予算もないのですよ。とにかく、所轄署に相談してください」

赤木はそういうと一方的に受話器を置いた。

昨日の佐久間もそうだったが、警察まで責任を回避しているとしか思えなかった。

その日、家に帰ると、めずらしく父が先に帰っていて、

「気になっていたのだがね、今日、日商物産へ行って来た」

ダイニングルームのテーブルのうえに置いた封書を智乃に差し出した。

智乃は封書の中身を取り出した。

川添久美子の履歴書と戸籍謄本《こせきとうほん》をコピーしたものであった。

久美子の住所も本籍地も、いまのマンションになっていた。

それも久美子だけのもので、本人の届け出により本戸籍作成と書かれているだけの素っ気ないものであった。

「わたしの戸籍謄本と、ずいぶん違うわ」

智乃は父へ顔を向けた。

智乃の謄本は筆頭者が父の敏生で、智乃の欄には出生日と出生届を受理したことが記載されていた。

久美子のはそれが書かれてなかった。

「それは久美子さんが本籍を移転させたからだよ」

「本籍を移転させた？」

「本籍地はどこへでも移転させることができる。江東《こうとう》区森下《もりした》から移転したことが書いてあるね。それが四年まえだ。そのときはお母さんが亡くなっていたから、久美子さんが筆頭者になったのだよ」

父はそう説明し、

「お父さんの欄が空白になっているね」

久美子の欄の横を指差した。

母は亡と書きくわえられていたが、佳織《かおり》とある。

だが、父の欄は何も書かれていなかった。

「これ、どういうこと?」

「久美子さんのお母さんは、未婚の母だったのだろうね」

「ふーん」

これは、ある程度、想像していた。

久美子は子供のころ、父親が亡くなったといっていたが、出生の秘密を話したくなかったのだろう。

「この戸籍謄本だと、久美子さんの親戚はまったく分からない。原籍を見ればお母さんのことがわかるのだがね」

「原籍って?」

「戸籍を移すまえの戸籍だよ。それにはお母さんの佳織さんの記載があったはずだ。智乃がいうように久美子さんの出生届も書かれているし、お母さんの佳織さんの出生届も書かれてあったかもしれない。お母さんが結婚してないとすると、お母さんのお父さん、つまり、久美子さんのお祖父さんだが、その記載が残っているかもしれない……」

「それは江東区の区役所に保存されているの？」

「江東区にあるのか、渋谷区へ移して保管されているのか知らないが、いまは本人以外が戸籍を閲覧《えつらん》することにうるさくなっているからね。まして原籍となると弁護士でもない限り、見せてくれないだろう」

父はそういい、

「日商物産の人事課で聞いたのだが、久美子さんが入社するときの保証人は狭間弘幸《はざまひろゆき》という人だそうで、この人は松波《まつなみ》興産の常務取締役だそうだ」

ちょっと暗い顔になった。

「それが、どうかしたの？」

「松波興産というのは何かと問題のある会社なんだよ。お父さんもそういうことはくわしくないが、たしか闇金融の会社だ」

「闇金融？」

「ほら、地上げとかが問題になると、決まって登場するだろ。銀行が融資しにくいケースの場合、高い利息で貸し付けるのだが、そんな会社の常務と、久美子さんはどういう知り合いだったのかな。日商物産の人事課の人も首をひねっていたが」
「その松波興産って、暴力団のような会社？」
智乃は眉をひそめた。
「暴力団とは違うが、つながりはあるだろうね」
「そんな話、久美子、ちっともしなかったけど……」
智乃には信じられなかった。
久美子はひとり暮らしだったが、そういう翳《かげ》はまったくなかった。
性格も明るかった。
そんな暴力団まがいの会社や人と知り合いだなど、想像もしなかった。
ただ、昨夜、佐久間が久美子の母親の非難めいたことをいっていたのが気になった。
智乃はそれを口にしかけ、これも喉元で嚙みこらえた。
それをいえば、父は心配するだろう。
この問題に智乃がこれ以上、タッチすることを禁ずるに違いない。
智乃は渋谷の警察へ行ってみようと思っている。
せめて、そこまでは智乃の手で、久美子を捜す努力をしてあげたいと思うのだ。
佐久間にもう一度、電話をしよう。

久美子は緊急の場合の連絡先に、佐久間涼男を書いたのだ。

何か意味があるはずであった。

佐久間がなぜ、あんなにかたくなな態度をとったのか。

智乃はあらためて疑問に思えてくるのだ。

2

土曜、日曜、振替休日の月曜と佐久間に電話を掛けたが、ベルが鳴りっぱなしだった。

智乃は意地になって、何度となくダイヤルをまわしたが無駄であった。連休を利用して、旅行にでも出掛けたらしい。

久美子のマンションも同様だった。

ベルが鳴りつづけている。

久美子が姿を消してまる九日が過ぎた。これはもう事件だと思うのだが、焦《あせ》っているのは智乃だけで、警察は捜査する気がないし、佐久間とも連絡がとれないとなると、久美子のマンションのある所轄の渋谷署へ、捜索願を再提出するしかなかった。

週があけた火曜日、智乃は会社へ出勤すると、課長に事情を話し、昼休みに渋谷まで行って来るので、午後、すこし戻ってくるのが遅れることの許可をもらった。

「このあいだから、どこか落ち着きがないと思っていたら、そんな大変なことが起きていたのか。それなら遠慮はいらない。いまから行って来たまえ」

課長は快《こころよ》くすすめてくれた。

「蔦沢さん、お電話よ」

少し離れたデスクから先輩が受話器を差し出した。

智乃は何気なく受け取り、次の瞬間、あっと息をつめた。

「川添久美子を捜しているね」

受話器から、押しころした男の声が伝わってきたのだ。

「どなたですか」

智乃がたずねたが、男は抑揚《よくよう》のない口調でつづけた。

「奈良県の吉野川《よしのがわ》の上流にオオサコというダムがある。その大迫《おおさこ》ダムで殺された女性がいる。万燈籠のあった翌朝だ。警察は女性の身元が分からないので困っている。その女性がたぶん、川添久美子だと思う。奈良県の吉野川署に連絡してやるといい。メモの用意をしなさい。吉野川署の電話番号は……」

男はゆっくりと告げ、

「もしもし！」

智乃が呼び掛けるのを無視して電話を切った。

聞き覚えのない中年の声であった。

智乃は揺れ動く胸を抑《おさ》えて、メモした番号を回した。

「はい、こちら吉野川署……」

警察官らしいドスのある声が答えた。

「あの、つかぬことをおたずねしますが、今月の四日に大迫ダムで殺された女性がいると聞いたのですが、ほんとうにそういうことがあったのでしょうか」

「ありましたよ」

「いくつぐらいの女性でしょうか」

智乃は頭の中がカーッと火照ってくるのを感じながら、夢中でたずねた。

「あなたのお名前は？」

「蔦沢と申します。その女性、わたしの友人ではないかという電話がありまして……」

「ちょっと待ってください。係と代わりますから」

すぐ電話の相手が出た。

「大迫ダムで亡くなった女性の知り合いの方ですか」

今度は向こうが急《せ》き込むようにたずねた。

どことなく朴訥《ぼくとつ》な感じの声であった。

「それは分からないのです。ただ、そういう女性がいる。それがわたしの友人の川添久美子だという電話が掛かってきたので、お問い合わせしたのです」

「川添久美子？　あなたがそう思われたのは、何か理由があるのですか」

「今月の三日、奈良の春日大社の万燈籠の夜、その川添久美子が急に消えてしまったのです。消えたというよりは、自分で森のなかへ走り込んで行ったのですが、それからもう十日たつのに、東京へ帰って来ないのです」

「その女性は何歳ぐらいです？」

「二十三歳です」

「着ていたものは？」

「赤いコートです。それに淡いピンク色のワンピースを着ていました……」

「髪の毛の長さは？」

「背中まで垂れる長さです」

「身長は？」

「一六〇センチです。体重は四七キロぐらいで、スタイルがいいんです」

「あなたのお名前といってください」

「蔦沢智乃、植物の蔦に山の川の沢です。チは知能とか知識の知のしたに日を書きます。ノは乃木《のぎ》大将の乃です。住所は……」

智乃はうわずった声で告げた。

「いまかけている電話は勤務先からですか」

「はい」

「会社名といま掛けている電話の番号を仰《おつしや》ってください」

「アート製薬の本社です。番号は……」

「わかりました」

相手は聞くだけ聞いたうえで、

「年齢と身長、スタイルは一致しますな。ですが、着ていたものは違っています。黒っぽい地味なコートを着ていました。髪もボーイッシュなショートカットでした。ですが春日大社の万燈籠の夜、消えたというのは気になりますな。できれば、こちらへ来ていただけませんか。わたしは吉野川署の捜査係の桐畑《きりはた》といいます」

穏《おだ》やかな口調でいった。

「でも、着ているものが、まるで違います」

智乃は絶句した。

「いや、着ていたものはたしかに違っていますが、わたしはその川添さんのような気がします」

「何か理由があるのでしょうか」

智乃はすがるような思いでたずねた。

久美子であってほしくない。

そう思うのだが、それ以上に久美子に違いないという気持ちがするのだ。

「さっき電話があった、といいましたね。掛けてきたのはお知り合いですか」

桐畑は電話に出たときの急き込んだ口調とは変わって、落ち着いた口調になっていた。聞くだけのことを聞いたので、落ち着いたのだろう。そのつもりなら桐畑のほうから、かけ直すこともできる。

「いいえ。聞こうとしたのですが、名前もいいませんでした……」

「それが気になりますな。それと被害者は身元を証明するものを何ひとつ、持っていないのです。場所も歩いて行けるようなところじゃない。山の奥のダムなのです」

桐畑は噛んでふくめるようにいい、

「春日大社の万燈籠の夜、消えたといわれましたね。そのことは警察に話されましたか」

と、たずねた。

「はい。何度となく話しました。正式の捜索願も出したんです」

「こちらも捜索願の出ている女性を当たりました。着ているものと、髪型が違っていたため、割り出せなかったのでしょう。昨日、遺体をお骨にしたのですが、それを待っていたように、そちらに電話があった。そんな気がするんですよ」

「ええ……」

智乃もそんな気がしなくはなかった。

久美子だとはっきりしていれば、もちろん飛んで行くが、可能性だけで吉野まで行くのは遠すぎた。

「万燈籠の夜、川添久美子さんはどういうふうに消えたのですか。消えたときの状況を話してください」

「古い石燈籠があるって、銘を覗き込んでいたのです。そしたら、急に痛いってお尻を押さえて、そのあと〝あいつだわ〟というようなことをいって、追い掛けるように森のなかへ走り込んで行ったのです」

「痛いといってお尻を押さえたのですね」

「はい……」

「それですと、十中八、九、川添さんです。お尻に注射を打ったような跡《あと》がありました。遺体解剖の所見では臀部《でんぶ》から、微量ですがニコチン酸が検出されております。お手数でしょうが、是非、確認に来ていただけませんか」

桐畑は丁重《ていちょう》な言葉づかいでいった。

「そのニコチン酸というのはなんでしょうか」

「麻酔に使う薬です。麻酔銃で撃たれたのではないですか」

「麻酔銃？　それはどんな音がするのですか」

「空気銃のような発射音です」

智乃は声を飲んだ。

その音なら、たしかにあのとき森のなかで聞こえた。

「でも、麻酔銃なんて！」

智乃はつぶやくようにいい返した。

空気銃でもいまは許可がいる。まして、麻酔銃など持ち歩くことができるのだろうか。

「特殊な銃ですが、奈良公園ですと特殊ではないですね。奈良には鹿がたくさんいますね。雄の鹿の角を切るとき、麻酔銃で眠らせて鹿苑《ろくえん》へ収容しますから」

「そうなのですか」

智乃はうなずいた。

大迫ダムで死んでいたのは川添久美子に間違いないのではないか。

「まいります。行きます」

智乃は目のまえが暗くなるようなショックを覚えながら、反射的に答えていた。

3

課長に休暇の許可をもらうと、智乃は母に事情を告げ、会社の近くの銀行へ寄り、キャッシュカードで旅費を引き出すと、東京駅へ向かった。

一〇時一二分発の《ひかり331号》に間に合った。

京都で近鉄に乗り換え、その近鉄を大和八木《やぎ》と橿原神宮前《かしはらじんぐう》で二度乗り換えた。

そこからが長かった。

二輛編成の古い電車は車体をきしませながら、駅をひとつずつ拾うように停車して、のんびりと走った。

車窓には冬枯れの田園がひろがっていた。

その田園は飛鳥と呼ばれる史跡の宝庫なのだが、いまの智乃には歴史に夢を馳《は》せる余裕などない。

電車は田園地帯をとおり抜けると、山峡にかかった。

わびしい山間を縫うように走り、坂をくだるとおおきな川が車窓に迫ってきた。

吉野川であった。

その吉野川沿いにさかのぼるように走り、桐畑に教えられたとおり、終点の吉野の二つ手前の大和上市《かみいち》で降りたのは、四時すこしすぎであった。

駅は淋しそうな山峡にあった。

南側がひらけ、国道の向こうを吉野川が流れていた。どこに町があるのかと首をかしげたくなるほど、淋しい駅だったが、改札口を出るとドブネズミ色の背広を着て、どた靴をはいたいかつい顔の男が立っていて、

「蔦沢さんですね」

声をかけてきた。

陽《ひ》に焼けた顔のなかで歯の白さが目を引いた。

「はい」

「吉野川署の桐畑です。遠いところをご苦労さまです」

桐畑は駅前に停めてあるジープへ案内した。

すこし先の左手に架かった鉄橋を、智乃が乗って来た二輛編成の古めかしい電車が渡って行った。

電車の窓が西日を浴びて鏡のように光った。

その向こうには山が迫っている。

のどかな山峡であった。

ジープが五分ほど走ると、どことなく古風な町並みへ入った。

軒《のき》のひくい漆喰《しっくい》を塗った家が多い。間口だけを改装した店屋が目についた。

見慣れたメーカーや製品のロゴの入ったサインボードに交じって、吉野葛《くず》とか、陀羅尼《だらに》助《すけ》丸、柿の葉ずしといった看板や幟《のぼり》が目を引く。

そのどれもが、この町の特産物らしい。

町並みをとおり抜けたところに吉野川署があった。

いまどきめずらしい木造二階建ての建物であった。

智乃は二階の大部屋へ案内され、刑事課長に紹介された。

五十近い温厚そうな男だった。

「遠いところをお手数かけます」

課長は丁重《ていちょう》に頭をさげ、部屋の隅のソファーをすすめた。

「大迫ダムって、ここから近いのですか」

智乃はたずねた。

「地図で説明しましょう」

課長はソファーを立ち、智乃を壁際へ招いた。

奈良県の全図と吉野川署管内の詳細図が貼られてあった。

地図で見ると、奈良市は県の最北端にあった。

大和上市や吉野にしても、奈良県全体のなかでは中央より少し北に寄っている。

奈良県は南の三分の二が、山であった。

その山地へ入る入口が大和上市であった。

「現在地がここです。大迫ダムは……」

課長は吉野川の源流へ指をたどらせた。

それは、はるか山の奥であった。

「ここがそうです。上市から約三十五キロですね」

「そのダムで女性が亡くなったのは二月四日の朝ですか」

「いや、発見が四日の朝でした。死亡推定時刻は三日の深夜十二時前後です」

「十二時ですか」

智乃は胸のなかで時間を数えた。

久美子が春日大社のお間道から消えたのは、八時ごろであった。女性が殺されたのが十二時前後とすると、直接距離で百キロを越す道のりを四時間で通過したことになる。

車でなら走り抜けることができなくはないが、発見された女性は髪がショートカットで、着ているものも久美子とまったく違っていた。

四時間では髪の毛をカットしたり、着替えたりする時間がなかった。

久美子ではないのではないか。

そう思いたいのだ。

智乃と課長はソファーへ戻った。

桐畑がファイルと一枚のコピーを持って来た。

コピーは智乃が奈良の警察で提出した川添久美子の捜索願をコンピューターへ打ち込んだものであった。

「たしかに着ていたものが、まるっきり違いますね。わたしも自信がなくなってきましたが、とりあえず写真で確認していただきます。むごたらしいですが、よくみてください」

桐畑はファイルを開いて差し出した。

智乃は覗き込み、一瞬、目をそらした。

目のまえが真っ赤に彩《いろど》られたように思った。

河原のごろごろした石に血が飛び散っていた。

智乃は息を整えるようにし、覚悟を据《す》えて写真へ目をやった。

黒っぽいコートを着た女性が、くの字に折れ曲がったように倒れていた。頭が割れ、脳《のう》漿《しょう》がどろりと流れ出ていた。

写真はあらゆる角度から撮られていた。

仰《あお》向《む》けにされて病院の手術台のようなものに寝かされている全裸の写真もあった。

だが、顔がひしゃげてしまっている。

「久美子のようにも思えますし、そうでもないようにも思えるし……」

智乃は首を横に振った。

髪型が変わり、目を閉じると、それだけでも面《おも》変《が》わりしてみえるものなのに、顔の輪《りん》郭《かく》まで変わってしまっている。

顔ではほとんど判別がつかない。

「こっちの指や手はどうです？」

桐畑は手や足の部分を撮った写真をみせた。

課長は終始、黙って智乃をみまもっていた。

「違うように思います」

智乃は首を横に振った。

写真に写っている指は太かった。久美子は文字通り白魚《しらうお》のような細い指をしていた。

そのうえ、銀色のマニキュアが剝《は》げ残っていた。

久美子はマニキュアをしなかった。たまにつけることがあっても透明なマニキュアだった。銀色の爪をしているのをみたことがない。

「あなたのところにかかってきた電話ですが、それをくわしく話してください」

桐畑は向かいあったソファーで、からだを乗り出した。

「くわしくといわれましても、電話でお話ししただけなんです。声の感じでは中年かすこし年寄りめいた男性でした。抑揚を殺した声で、大迫ダムで殺された女性がいる。警察は身元がわからないので困っているが、その女性はたぶん、川添久美子だ。吉野川署へ連絡してやるといい。そういってこちらの電話番号を教えてくれたのです」

「どこの誰とも名乗らなかったのですね」

「はい。わたくし、たずねようとしたのですが、それだけいうと一方的に電話を切ったんです」

「声に聞きおぼえがなかったのですか」

「はい」

智乃はうなずき、桐畑と課長は顔をみ合わせた。

二人の顔に手応えのようなものが浮かんでいた。

4

「今朝、電話をいただいて、桐畑くんと話し合ったのですが、こう考えてよろしいですか」

課長はまじろぎもしない視線を智乃に据えて、あとをつづけた。

「その男はあなたと川添さんの関係を知っていた。大迫ダムで女性の変死があったことも知っていた。仮にその男が犯人だとすると、わざわざ、あなたに電話をしたのには、何か意図があった……」

「そうだと思いますが、どういう意図が考えられるのでしょうか」

智乃は恐ろしいことを聞く思いでたずねた。

果たして、課長の口から出たのは耳をふさぎたくなるようなことであった。

「たとえば、この女性を川添久美子さんにしたかった。つまり、川添久美子さんの身代わりに、この女性を殺した。こう考えることはできませんか」

「でも、それはなんのためですか」

智乃は課長と桐畑を交互にみつめた。

久美子の身代わりに殺した。ということは久美子は生きている。

もっといえば、久美子が身代わりの女性を殺した。

久美子は被害者ではなく、加害者であった。

課長と桐畑はそう考えているらしい。

「あなたには話すことのできない事情があったのではないですか」

「でも、久美子はそんな女性じゃありません」

「どういう女性ですか」

「わたくし、久美子の性格はよく知っています。両親がなくて、おおきなマンションに一人で暮らしていましたけど、明るくて陰のない女性です」

「そのマンションというのがこの住所ですね」

課長は捜索願のコピーを指差した。

「はい」

「渋谷区鉢山町……。南平台《なんぺいだい》のとなりですね。たしか亡くなった元首相の三木《みき》さんの邸宅のあるところですね」

「ええ。東京で最高の住宅地だと思います」

智乃は力《りき》むようにいった。

高級住宅地で有名なのは田園調布《でんえんちょうふ》や成城学園《せいじょうがくえん》だが、南平台界隈《かいわい》とは比較にならない。南平台が横綱だとすれば、田園調布や成城学園は小結くらいのものではないだろうか。東京でもっとも人気のある盛り場のすぐ隣り。それでいて、緑の多い、閑静な住宅街であった。

「すると、そのマンションは非常に資産価値の高いものですね」

「ええ。五億やそこらはするんじゃないでしょうか」

「五億？」

課長は桐畑と顔を見合わせた。

「普通のマンションじゃないんです。二階建てのビルがこんなふうに組み合わさったようになっていて……」

智乃は両手の指先を直角に組み合わせ、合わせた片手をもう一方の手の甲のうえに乗せるしぐさを繰り返した。

階段を横にしたようにジグザグに建物がつながっている。それでいてマンション全体は中庭を囲んで口の字の形に造られていた。

「川添久美子さんはそんな豪華なマンションに一人で住んでいたのですか」

課長がたずねた。

「ええ、四年まえにお母さんが亡くなったのです。お父さんは子供のころ、亡くなったといってましたけど、今度のことで勤め先から戸籍謄本のコピーをいただいたら、お父さんの欄は空白になっていていました」

「言葉は悪いが私生児だったのですね」

「ええ。そうだと思います」

課長は桐畑に顔を向けた。

「すると、こういうことはどうです？　川添久美子さんが亡くなると、そのマンションを相続する人がいるわけですね。久美子さんが亡くなったことにならないと、相続することもできないし、売ることもできない……」

桐畑がいった。

「それはそうですが、写真の女性は久美子ではないように思いますけど……」

「いや、それは一応、こっちへ置いておくことにしましょう。久美子さんが亡くなると利益を得る者がいる。そう考えてください」

「久美子が亡くなれば、誰かが相続することになることはたしかでしょうけど……」

「電話の男はそれを狙ったのではないですか。たとえば久美子さんをどこかに監禁してあるとか。これはちょっと現実離れしてますな」

桐畑は苦笑したが、その目は笑ってなかった。

「わけは分かりませんが、それに近いことなのではないかしら。マンションもそうですけど、久美子、すごいものを沢山《たくさん》持っていますから」

「どんなものです」

課長がたずねた。

「美術品です。本当に価値があるかどうか、わたくしには分かりません。でも、久美子のマンション、耐火構造の納戸があるんです。そこにお茶のお茶碗だとか、花入れ、掛け軸なんかがいっぱい仕舞ってあって、その掛け軸一本で、久美子は一生、遊んで暮らせるといってたことがありました」

「お母さんは何をしていた人です?」

「さあ……。お茶の先生のようなことをなさっていたのじゃないかしら」

久美子のマンションには六畳の茶室がつくられているのだ。いかにも高価な茶碗や花入れがたくさんある。掛け軸や屏風《びょうぶ》もそうだ。

久美子はお茶にはまったく興味がないようだったが、亡くなった母がお茶をやっていたことは間違いないと思う。

「しかし、お茶の先生というのは、そんなに収入のあるものですか」

課長は腑《ふ》に落ちないように首をひねった。

「それはお父さんの家がお金持ちだったのじゃないですか。桜井市か大和高田市か、むかしの大名の家老の家柄だといってましたから」

「大名の家老？　桜井にも大和高田にも大名はいなかったはずやね」

課長は桐畑へ顔を向けた。

「そうです。奈良県で大名らしい大名というと、大和郡山《こおりやま》の柳沢《やなぎさわ》十五万石だけです」

桐畑がいった。

「じゃあ、久美子、どうしてそんなことをいったのかしら。マンションもすごいし、美術品だってすごいでしょう。どうしてこんなにすごいのって、聞いたことがあるのです。そのとき、久美子、世が世ならお姫さまだったのよって、笑っていましたけど」

「久美子さんのお父さんは、奈良県の人だったのですか」

課長がたずねた。

「そうなんじゃないですか。わたくし、桜井も大和高田も、久美子から聞いて知ったのですから」

「久美子さんは桜井なり、高田へよく来ていたのですか」

「いいえ。話のなかで出ただけです。久美子も地名は口にしましたけど、行ったことはないようでした」

質問がすこし途切れた。

それをしおに桐畑が腰を浮かせた。

「とにかく先に確認をしてもらいましょう」

課長にいった。

5

「では、こっちへ来てください」

桐畑は隣りの部屋へ案内した。

会議用のテーブルのうえに衣類やハンドバッグ、靴などが並べられてあった。

智乃はひとわたり見まわし、ほっと息をついた。

どれひとつとして、久美子の持ち物はなかった。

「みおぼえのあるものがありますか」

桐畑がたずねた。

「いいえ」

「川添久美子さんではないようですね」

「ええ。違うように思います」

「しかし、何らかの関連はありそうですね」

桐畑は智乃の目をのぞき込んだ。

「ええ。今朝かかって来た電話は何かを狙ったんだわ。そうでなかったら、わざわざかけてくるわけはないと思うんです」

「そうですね。正直なところ、この事件は被害者の身元の割り出しでつまずいて、手詰まりになっていたのです。あなたの電話で一縷《いちる》の望みがでてきた。それにいまのお話を聞いて、奥の深い事件のような気がしてきました」

「奥が深いといいますと？」

「よく分からんのですが、犯人はこの女性を川添久美子さんに仕立てたかった。なぜ、そうしたかったのかは、今後の捜査を待つしかありませんが、川添久美子さんが事件解決の鍵をにぎっている。そんな気がするのです」

「この女性は久美子ではないと思いますけど、でも確実にそうでしょうか」

智乃はテーブルのうえに並べられた衣類やバッグなどの遺留品へ目をやってたずねた。

「その確認は簡単です」

桐畑はそれこそ簡単にいった。

「え？」

「春日大社の万燈籠の日まで、久美子さんはマンションで暮らしていた。そうですね」

「ええ」

「それなら、マンションを検証すれば指紋を採取できますよ。この女性の指紋と照合すれば、別人なのがはっきりします」

智乃は桐畑をみつめた。

たしかに、そのとおりだった。

智乃にもその程度の知識はある。マンションには久美子の指紋が残っているだろう。

この遺留品を残した女性が久美子でないことを、智乃は祈る思いでいる。

だが、そうなると、久美子はどこへ消えたのだろう。

智乃は久美子を信じているが、久美子の身代わりに一人の女性が殺されたとなると、背後に何か恐ろしいことがありそうに思える。

久美子が無事でいてほしいし、この女性の殺人事件の捜査が久美子の捜索につながるのはありがたいのだが、犯人を逮捕したところ、久美子が関係していたとなるのは真っ平であった。

智乃はそんなジレンマにとらわれながら、

「今朝、お電話を差しあげたとき、刑事さん、久美子は麻酔銃で撃たれたと仰いましたね。でも、麻酔銃なんて、誰でも使えるわけじゃないでしょう」

と、たずねた。

「もちろん、そうです。厳重に管理しているはずです。ただ、こっちの女性の臀部からニコチン酸が検出されたので、鹿苑の管理事務所へ問い合わせたところ、当日の午後、むかし鹿苑で働いていた男が来て、麻酔銃をなつかしがっていたという話を聞いたのです。銃が盗難にあったということはないし、貸し出した事実もない、その男の名前も分かっています。それだけのことですが、麻酔銃が唯一の手掛かりなので、わたしとしては連想がそこへ行ったのですがね」

「その麻酔銃ですけど、撃たれると走り出すものなのですか」

「いや、そんなことはないですよ。鹿は撃たれると走り出しますが、あれは麻酔のせいでなくて、おどろいて本能的に走り出すのだから」

「久美子、走りだしましたわ」

智乃は桐畑をみつめた。

痛いといって飛びあがった。お尻を手で押さえた。

その直後に森へ向かって走り込んだ。

「あいつ、とかいったそうですね」

「ええ……」

智乃は口ごもるようにうなずいた。

あのときは何が起きたのか分からなかった。

だが、あとになって、あのときの久美子の行動を振り返ると、どこか不自然なものを感じる。

〝あいつ〟というのが誰なのか。どうして、森のなかへ走り込んだのか。理解がつかないのだ。

しかも、その日の深夜、おなじ奈良県の山のなかで、久美子とおなじ歳恰好《としかっこう》の女性が殺されていた。

そのうえ、智乃の会社へ変な電話が掛かってきた。

久美子は被害者なのではなく、何か関わっているのではないか。

そう思えてくるのだ。

「久美子さんには恋人のような男がいましたか」

桐畑がたずねた。

「いなかったと思います。いたらその男性と万燈籠をみに行ったのじゃないですか」

「なるほど……」

桐畑は微笑した。

「でも、久美子がいなくなって、初めて知ったのですけど、わたくし、私生活を何も知らなかったと思うんです。久美子のご両親のこともそうですけど、親戚も分からないんです。今日までにわかったことといったら、マンションの入居者名簿に〝緊急の場合の連絡先〟という欄があって、そこに佐久間涼男という人の名前と電話番号が書かれてあったことだけなんです」

桐畑の表情が変わった。

智乃にもそれと分かるほどの変わりようだった。

「佐久間涼男？　それは久美子さんとどういう関係です？」

「名簿には従兄弟と書かれてありました。でも、電話でたずねたところ、親戚でも何でもないと……」

「スズオというのは、涼しい男と書くのですね」

「ええ、でも、どうしてご存じなのですか」

智乃は言葉を飲んだ。

桐畑の顔つきが普通ではなかった。

「鹿苑で麻酔銃をなつかしがっていた男がいたと話したでしょう。その男の名前が佐久間涼男、なのです」

「えっ！」

智乃は飛びあがりそうになった。

電話で話したとき、智乃は久美子が失踪した状況をくわしく話した。佐久間涼男は黙って聞いていたが、おなじ日に奈良にいたのだ。

「あなた、佐久間涼男と電話で話しただけですか」

「ええ。それも一度だけです」

智乃は佐久間のことをくわしく話した。

何度となく電話をしたが、留守だったこと。

久美子と佐久間は縁が切れている、久美子の母にひどい目にあわされたといったこと。

久美子が万燈籠をみに行く前日、マンションの入居者名簿を書き直していたこと。

くわしくといっても、話すことはそれだけであった。

桐畑はうなずきながら聞いていたが、

「佐久間というのは、桜井の出身ですよ。大名ではなかったですが、二十年ほどまえまでは、大変な山林地主でした。佐久間涼男はそのひとり息子です」

呻くようにいった。

「桜井の佐久間さんは、いまどうしていらっしゃるのですか」

「いまは没落しました。家屋敷も人手に渡って、みる影もないですね」

桐畑は痛ましそうな顔になった。

「どうして、そんなことになったのですか」

「騙《だま》されたというのですがね。佐久間は、吉野、熊野《くまの》、伊勢《いせ》で一番とまではいかなくても、三番とはくだらない山林地主でした。佐久間が持っていた山は吉野の美林です。ひところは評価額で三千億をくだらんといわれたのですが、奈良の若草山の裏側に三笠《みかさ》温泉郷というのがあります。そこのホテル業へ手を出したのがケチのつき始めでね。そこからは坂をくだるようなものです。ホテルは取られるわ、山は手放すわで、涼男は奈良の鹿苑で働いておったのです」

「すると、久美子が家老のような家柄だといったのは、その佐久間の家の支配人のようなことをしていたというのかしら」

智乃はつぶやいた。

「調べてみることにします」

桐畑はそう答え、智乃と一緒に大部屋にもどった。

「ソファーでしばらく待っていてください」

桐畑は智乃をソファーへ残して、課長のデスクへ歩み寄って行った。

二人は小声で話し合っていた。

桐畑と課長は十分ほど話し合っていたが、二人で智乃のところへやって来て、

「明日、桐畑くんを東京へ出張させます。よろしかったら、桐畑くんと一緒に東京へ帰ることにしていただきたいのですが……」

と、課長がいった。

「わたくしはかまいませんけど」

「では宿の手配をさせます。たいした宿ではありませんが、ま、勘弁してください」

「どこでも結構です」

「では……」

課長はデスクへもどって行った。

「来年になると、この奥に……、大迫ダムからもっと入った奥ですが、すごいリゾートホテルができるんですがね」

桐畑がにこやかにいった。

「そんなすごいホテルなのですか」

智乃は何気なくたずね返した。

「さっき話した佐久間の山が、そっくりリゾート村に変わるのですよ。ホテルだけでなく、別荘地もできます。海抜千三百メートルの山がリゾート村になるのですが、夏は関西の軽井沢《かるいざわ》ですな。冬は人工雪を降らせてスキー場になります。美術館までおっ建てるというのですから、あなたのような若い人が大勢、押し掛けてくるでしょう」

「美術館、ですか」

智乃はたずね返した。

聞き間違いではないかと思ったのだ。

リゾート地に美術館というのがピンとこなかった。

「ほら、このあいだ七十何億とかで買ったピカソの絵があったでしょう。あれがそのリゾート美術館の目玉になるそうなのですよ」

「そうなのですか」

智乃はちょっと目を見張った。

どこかの金持ちが、ピカソの絵を七十数億で落札したことは、ニュースで知っていた。

だが、その絵がこの山の奥に来ることまでは知らなかった。

「桐畑くん……」

課長が声を掛けた。

「では、旅館までお送りしましょう」

桐畑が立ち上がり、

「みどり館だよ」

課長の声にうなずいた。

6

桐畑はジープで旅館まで送ってくれた。

町から二十分ほど走った吉野川のほとりに建つ小綺麗な旅館だった。

桐畑は旅館の玄関で、

「大切なお嬢さんや。しっかりお世話してあげてや」

五十歳ぐらいの女将《おかみ》に明るい声をかけ、

「明日朝、八時に迎えに来ます」

笑顔を残して、ジープへもどって行った。

「大迫ダムで亡くなられた女性の確認に来はったそうですな」

女将はそういいながら、智乃を部屋へ案内した。

もう、日が暮れかかっていたが、部屋の窓のしたは吉野川であった。

電車の窓から見た吉野川は堤防のなかを流れる平野の川だったが、ここではちょっとした渓谷の風情《ふぜい》があった。

その暮れかかった渓谷を白いものが舞っていた。

雪であった。

雪は渓谷の薄い闇のなかで、少しずつ勢いをますように舞いはじめていた。

ぼんやりと渓谷を眺めている智乃に、

「温泉にお入り。うちは沸《わ》かし湯やけど、温泉ですのや。色がちょっと赤うて、湯船に錆《さび》みたいなんがついてます。気持ち悪いかもしれへんけど、その錆を肌に塗りつけると、肌がツルツルになりますのや。そらもう別嬪《べっぴん》さんになりますで……」

愛想笑いを浮かべながら、座卓のうえでお茶を入れた。

「あの……」

智乃は女将へ顔を向け、

「桜井の佐久間さんという方をご存じですか」

思い切ってたずねた。

「佐久間専一郎《せんいちろう》さんですか」

女将は智乃をみつめ返した。

「ええ」

「そらぁ、知ってます。この辺りで佐久間さんを知らん者はおりませんやろう」

「その佐久間さんは、ホテルを経営して失敗なさったのですか」

「いえ、ホテルだけやったら、どういうこともなかったんと違いますか。お茶に夢中になりはったんが命とりになったいいますな」

女将は声をひそめるようにいった。

「お茶？」

「へえ。このお茶ですがな」

女将は茶筅《ちゃせん》でかきまわす手つきをし、

「この辺りの山持ちの家では、女道楽はいくらしてもええけど、お茶には手を出したらいかん。そないにいいますな」

　と、いった。

「どうしてですか」

「そらぁ、うちみたいなんがお茶をやったかて、お行儀がようなるだけやけど、佐久間さんみたいなお大尽《だいじん》が、お茶にのめり込みはったら、こちらがいくらあったかて足らへんのと違いますか」

　女将は指で丸をつくった。

「お茶って、そんなに、お金が掛かるのですか」

「そらぁ、あんた、お茶碗ひとつが一千万や、二千万やいぅ世界でしょうが、茶釜や茶杓《ちゃしゃく》も千万単位なら、掛け軸や屛風いぅたら億ですがな、それが、ほんまもんならよろしい。ところが、ああいうもんはほんまもんか贋《にせ》もんか、佐久間さんみたいに歳いってから始めた人には、見抜く目がないのと違いますか」

　女将は座卓に肘をつき、べったりと座り込んでいた。

「それで、騙されたのですか」

「へえ。まあ、ようこれだけというほど、道具屋が寄ってたかって騙したそうでっせ。百億、二百億というお金を騙されて取られたそうや。けど、ほんまに騙したのは道具屋やないんと違いますか」

「女性ですか」

智乃は凍るような思いを嚙みしめた。

久美子の母が気になっている。

「そらぁ、いましたやろう。その女も一緒になって佐久間さんを誑《たぶら》かしたのかもしれません。けど、佐久間はんをだしにしてのしあがった者がおりますのや。この奥でリゾート村を造る、美術館つきのホテルを建てるいうて大騒ぎしとるけど、その山もお金も元はというたら佐久間はんから巻き上げたものですがな」

智乃はほっとするものを嚙みしめた。

久美子の母ではなかった。

佐久間を追い詰めたのは、男だった。

「リゾート村を造っている会社がそうなのですね」

「そうです。松波興産いいます。松波興産いうたら闇金融の会社でしょうがな。闇金融でのしあがった資金は佐久間はんからでたものですがな。だすだけださせたら、会社を倒産させよったんです。最初から計画しとったんです。佐久間はんをまるごと食べて、骨までしゃぶって、ふとったのが松波興産ですがな」

「松波興産ってそんな会社なんですか」

智乃はからだのなかへ刃を刺し込まれた気持ちになった。

闇金融。松波興産。

不祥事が起きるたびに話題になる会社。

父から聞かされた会社の名前であった。

日商物産へ入社するとき、久美子の保証人になったのが、松波興産の常務取締役の狭間弘幸であった。

久美子は松波興産とどういう関係だったのか。

久美子の母が佐久間専一郎を騙したのではないかと考えると、それだけで不安だったのが、母の佳織ではなく、久美子が松波興産と関係していた。

これをどう考えればいいのか。

「松波興産の会長は松波光治《みつはる》といいます。この松波光治は大和高田で小さな紡績《ぼうせき》会社をやってましたのや。会社いうたかて町工場みたいなもので、東京オリンピックのあとの不景気で倒産して、夜逃げしようったのでっせ。その松波を助けたのが佐久間はんや。それが佐久間はんの命取りになったのやけど、松波は佐久間はんをしゃぶりつくすあいだに、お茶やのうて絵の手ほどきを受けたんですやろか。松波も美術品に手を出したいいますな。七十億とかで競《せ》り落としたピカソの絵をリゾート村に持ってくるそうやけど、松波もそれで引っくり返るんと違いますか。因果はめぐる小車《おぐるま》といいますやろ。西洋の絵は日本の掛け軸より、よっぽど怖いのと違いますか」

女将は智乃が息を詰めているのにも気づかず、喋《しやべ》るだけ喋ると、

「ほな、温泉にお入り。赤錆《あかさび》を肌へよう塗り込んでな。うちの赤錆、テレビでPRしたら、こんな旅館やっとるのよか、ずーっと儲かるんと違うやろか」

よっこらしょというように立ち上がり、そそくさと部屋を出て行った。

智乃は肩で息をついた。

東京から乗り換えをつづけた旅にも、吉野川署での事情聴取にも疲れを感じなかったのに、いまの女将の話で、どっと疲れが出たようだ。

久美子は松波興産とどこで、いつ関わり合いを持ったのだろうか。

狭間弘幸が久美子の保証人だったことを、桐畑に話した方がいいのか、黙っているべきなのか。

智乃は新しい問題を抱え込んだ気持ちでいる。

第3章　東京銀座・所有権を移転していた会社

1

翌朝、迎えに来た桐畑と一緒に、智乃は東京へ向かった。

桐畑はさすがに慣れていて、上市から乗ったのはロマンスシートの特急であった。

乗り換えも橿原神宮前の一度だけで、これも特急だった。

その京都行きの座席に落ち着くと、桐畑はカバンから茶封筒を取り出した。

ファクシミリで送られて来た戸籍謄本のコピーが三通入っていた。

「昨日、あれからおおいそぎで取ったのですがね。これは久美子さんのお母さんの川添佳織さんの除籍謄本です」

桐畑は一枚を智乃に手渡した。

本籍地は東京都江東区森下十二の十×となっていた。

当然のことだが、佳織と書かれた欄が×と線で消されていた。

「生年月日が昭和八年三月十六日だから、亡くなったときは五十三歳だったことになりますね」

「ええ。久美子はお母さんが三十すぎてから生まれたといってましたから……」

久美子の母が亡くなったのは、智乃が大学へはいって間もなくであった。

知り合ったばかりだったので、深川《ふかがわ》の寺で行われたお葬式には参列したが、焼香をして出棺を見送っただけであった。

「親戚はすくなかったですか」

「さあ……」

智乃には判断がつかない。

お寺の本堂のなかに、喪服を着た人たちが椅子に腰掛けて並んでいたが、親戚なのか友人なのか、区別がつかなかった。

「この謄本には親戚が皆無なのです。つまり、佳織という人には兄弟がなかった。ご両親の除籍謄本をとれば遠い親戚がわかると思いますが、久美子さんの母方に関するかぎり、叔母、叔父、従兄弟といった親戚はいないわけです」

たしかに佳織の謄本には兄弟も姉妹も書かれてなかった。

「久美子のお父さんはわからないんですか」

智乃はたずねた。

「認知されていないのでね。謄本ではわからないのだが……」

桐畑はちょっといいよどんだが、

「もしかすると、佐久間専一郎ではないかと思うのですがね」

智乃の顔色をうかがいながらいった。

「そんな……」

智乃は唖然《あぜん》とした。

思ってもみないことであった。

だが、佳織は正式の結婚をせずに、久美子を産んだ。しかも、事業をしていたわけでもないのに、代官山のマンションと数多い美術品を、久美子に残していた。

あの美術品や資産は佐久間専一郎に貢がせたものではないか。

専一郎の愛人だったケースを考えなかったほうが迂闊《うかつ》かもしれない。

「こちらが佐久間専一郎の謄本です。専一郎さんは明治三十七年の生まれで、亡くなったのは昭和五十年、七十一歳でした。久美子さんが生まれた昭和四十一年当時、六十二歳だったことになる」

桐畑は手にした謄本を指で差しながらいった。

六十二歳の男と三十そこそこの女性。

その二人が愛人関係にあったということは、智乃には実感が持てなかった。

実感よりも不潔感が先立つのだが、そうした感情抜きで考えれば、あり得ないことではないと思う。

「刑事さん、調べられたのですか」

「調べたと威張れるほどのことはしてませんが、佐久間林業の関係者に問い合わせたところ、専一郎さんには東京夫人がいた。新橋かどこかの芸者だったそうです。それは綺麗《きれい》な女性で専一郎さんは溺れるように可愛がっていたということでした」

「…………」

智乃は黙ってうなずいた。

「仮に久美子さんのお父さんが、佐久間専一郎だとなると、久美子さんと佐久間涼男は腹違いの兄と妹ということになります」

と、桐畑はいった。

「そういえば、わたくしが電話でたずねたとき、佐久間涼男は親戚なんかじゃないといいながら、ひと口に説明できない、いろいろ差し障りがあるといってました」

「その涼男ですがね。現在、三十一歳です」

桐畑は手にした謄本をめくった。

「でも、久美子はどうして緊急の場合の連絡先を、佐久間涼男にしたのかしら。お母さんが違っても、兄と妹でしょう。それは分かるけど、万燈籠をみに奈良に行った前の日に、佐久間を連絡先に書き直しているんですよ」

智乃はいった。

ひとり暮らしの久美子だから〝緊急の場合の連絡先〟を変更することはあっても不思議はないが、万燈籠をみに行く前日に書き直したのは何か意味がある。

佐久間涼男は久美子が消えたことと、何か関係がある。

そうとしか思えなかった。

桐畑はうなずき、

「そのことも昨日、課長と話し合ったのです。課長がいうのには、佐久間涼男と久美子さんは、東京で会っていたのではないか。つまり兄妹なのを確認し合っていた。しかも、二月三日の万燈籠の日に、佐久間涼男は奈良にいましたからね。久美子さんの失踪と何らかの関わりがあった。そのため、あなたからの電話を受けて空とぼけたのではないか。そう、意見が一致したのですが……」

「そうだと思うんです。そう、佐久間涼男は関係ないといいながら、久美子、久美子って気軽に呼び捨てにしていました」

「そうですか」

桐畑はちょっと溜め息をついた。

「どうかなさったのですか」

「いや、川添久美子さんについては少しずつ分かってきたのだが、大迫ダムで殺された女性の身元捜しは振り出しに戻った。そんな感じがするのですよ」

「でも……」

智乃は不安な思いで桐畑をみつめた。

ここで桐畑に手を引かれたのでは、智乃のほうも振り出しへ戻ってしまう。

そんな智乃の気持ちを読み取ったのだろう。

「東京へは行きますよ。大迫ダムの女性は川添久美子さんではないでしょう。しかし、それを確認しなければなりません。確認しないことには捜査がすすまないのですから」

桐畑はつけ足すようにいった。

「佐久間涼男の事情聴取はしないのですか」

「するつもりでいます」

「お願いします」

智乃はすがるような思いだった。

桐畑の言葉ではないが、いまの段階では佐久間涼男と久美子の関係を確認しなければ、久美子を捜す手掛かりがつかめない。

智乃ひとりだと、電話を掛けても話を聞くことができない。

その点、警察は昨日のうちに久美子の母の謄本もとっているし、佐久間涼男と久美子が兄妹かもしれないということまで推定している。

「それで、佐久間涼男の住所は分かったのですか」

「ここですよ」

桐畑はもう一枚のコピーを示した。

謄本とは違っていたが、そこには住所が次々と書き連ねてあった。

「それも戸籍謄本ですか」

「これは戸籍の附票です。住民登録をした場所が記載されているのです。これだと、佐久間涼男は桜井から奈良へ移り、奈良から東京へ出て行ったようです。いまの住所は東京の足立《あだち》区竹《たけ》の塚《つか》というところですね」

「竹の塚といったら、東京でも北のはずれです」

智乃はいった。

東京都二十三区のいちばん北のはずれが足立区で、竹の塚はその足立区でも北のはずれ。地下鉄と東武《とうぶ》電車が相互乗り入れしているが、それでも、都心からだと一時間ちかくかかるはずであった。

2

京都で新幹線に乗り換え、東京駅に着いたのは午後一時すこしまえであった。

桐畑は警視庁の捜査共助課へ行き、川添久美子のマンションの家宅捜査を依頼したうえで、佐久間涼男に会うという。

「わたくし、どうしましょう?」

「もちろん、一緒に来てください。話は通じているのですが、このケースの家宅捜査というのは、何かと手続きが面倒なのです」

「どうして?」

「大迫ダムで殺された女性が本人なら、話は簡単なんです。ところが、本人でないことを確認するようなものでしょう。川添久美子さんは大迫ダムの殺人事件とはまったく関係ないかもしれない。それを家宅捜査するのは法律上、いろんな無理があるのです。しかも、川添久美子さんには家族がいない。現に捜索願はあなたが提出している。あなたが家族の代理ということで、検証の申請人になってもらうしかないのです」

桐畑は東京へ着いてから、いくらか緊張しているようであった。

横でみていても、新幹線のホームを降りて改札口を出るまでに、何人もの人とぶつかった。

上市でジープを乗りまわしているのとは勝手が違い、人の渦《うず》を縫って歩くのに慣れていないのだ。

地下鉄丸《まる》ノ内《うち》線に乗り換えるのに、智乃がついていなければ、切符の自動販売機の場所も改札口も、迷いっぱなしだっただろう。

「いやぁ、人間が多いですな。人で酔いそうですよ」

地下鉄のホームに立って、桐畑はいいようのない顔をつくった。

人で酔うのか、空気の悪さで胸がわるくなっているのか、しかめ面をしている。

それでいて霞《かすみ》ヶ関《せき》で降りてからは、階段を登るのも警視庁まで歩くのも、智乃がおいていかれそうなほど足が速かった。

警視庁の玄関を入るとき、今度は智乃の方が緊張気味になった。

久美子の事件が起きてから、奈良と吉野川、二つの警察署を訪ねるはめになったが、それまでは警察の玄関をくぐったことがなかった。

智乃は車の運転をしないから、運転免許の世話にもなっていない。まして、警視庁となると庁舎が新しくなってからはもちろん、むかしの建物のころも入ったことがなかった。

桐畑は玄関で見張っている警官に警察手帳を示し、受付でさらに捜査共助課の階をたずね、エレベーターで四階へあがった。

智乃は桐畑の後ろに隠れるように小さくなっていたが、桐畑も硬くなっていた。おなじ警察官でも、警視庁となるとやはり緊張するのだろう。

入口の近くに婦人警官が坐っていて、用件を告げると課長の席へ案内された。

課長は吉野川署の課長と似た感じの温厚な人物であった。

その課長の横の椅子に、チェックのジャケットを着た大柄な四十五、六歳の紳士が、長い脚を投げ出すようにして坐っていた。

着ているチェックのジャケットといい、織り柄の入った茶色のネクタイといい、刑事とは思えなかった。といって何かの用件で来た民間人ともちがう。

共助課の雰囲気に溶け込んでいた。

紳士は左手に灰皿を持ち、課長のデスクに缶入のピースを置き、盛大に煙を噴き上げていた。

「奈良県警、吉野川警察署巡査部長の桐畑であります」

桐畑が自己紹介し、用件を告げると、

「遠いところをご苦労さん」

課長は気さくに桐畑をねぎらい、

「紹介しておこう。あなたは警察庁遊撃捜査係というのを知っているかね」

ケイサツチョウと強調していい、缶ピースをまるごと吸いかねない勢いで煙を噴き上げている紳士へ顔を向けた。

「いえ、存じません」

桐畑はこたえた。

「それなら、ちょうどいい機会だ。こちらは日本にひとりしかいない警察庁直属の広域捜査官の宮之原《みやのはら》警部だ。日本全国の事件を自由に捜査できる権限をお持ちだ。おみ知りおき願っておくといい。あとあとのためだよ」

と、課長はいった。

「はい。奈良県警吉野川署の桐畑と申します」

桐畑は名刺を差し出した。

「警察庁の宮之原です」

宮之原も名刺を出した。

「警視庁ではなくて、警察庁でありますか？」

桐畑がたずねるのへ、課長がいった。

「そう、警察庁だ。全国の事件を自由に捜査できるのはいいが、自由となるとその分、事件を選ばなくてはならない。例えばあなたがいま捜査している大迫ダムの事件、そこへ首を突っ込まれると、吉野川署をはじめ奈良県警としては面白くないでしょう。かといって、簡単な事件だと乗り出すまでもない。警部がここへ遊びにおみえになるのは、事件探しにみえるのだ。そうだな、宮之原さん」

課長は気さくにいった。

「そういうことです。警視庁捜査第一課が手がけている事件に割り込むと蹴飛ばされますからね」

宮之原は微笑した。

桐畑の後ろでみ守っている智乃が、思わず引き込まれそうになるほど人なつっこい微笑であった。

「その名刺をよくみたまえ。部署がただの遊撃捜査係だ。警察庁の刑事局には捜査第一課もあれば、特殊捜査室というのもある。ところが、遊撃捜査係というのは、捜査第一課にも特殊捜査室にもはいってない。独立した部署だ」

課長がいい、桐畑は、

「はぁ？」

と、いう顔になった。

「警察庁はお役所だからね。捜査第一課だ、特殊捜査室だといっても、実際に捜査をするわけじゃない。デスクワークで統計をとっているだけだ。ところが、こちらはデスクワークなんか一切なさらない。現実の捜査をなさっている」

課長は皮肉めかした言葉づかいでいった。

もちろん、皮肉でも冗談でもなく、顔には好意が浮かんでいた。

「…………」

桐畑は目を白黒させている。

課長のいわんとしていることが飲み込めないのだ。

課長はつづけていった。

「警察庁はもともと、お役所だろう。そのお役所にただひとり、現実に捜査をおこなう刑事がいる。しかも、足にまかせた捜査なんかするまでもなく、黙って睨めばピタリと当たる、生きた千里眼のような名探偵だ。おまけにこの服装でこの体格と来ている。警察庁という組織におさまりきらないのだよ」

「すると、こちらの上司はどなたでありますか」

「いないよ」

「いない？」

桐畑は目がテンになった。

上司のいない警察官など、想像ができなかったのだろう。

「そう、こちらには上司もいない。部下もいない。ひとりで捜査をするんだ」

「ひとりで？」

桐畑は奇声にちかい声をあげた。

智乃はその桐畑と宮之原をみつめている。

春日大社の万燈籠で川添久美子が行方不明になってから十日以上がすぎた。

その久美子をさがして、智乃は奈良県の吉野まで行った。その経験だけしかないが、捜査をひとりでできるとは思えなかった。

「いやいや……」

宮之原は顔のまえで手を振り、

「課長、あんまり吹かないでください。桐畑さんがとまどってるじゃないですか」

と、いうと、缶ピースをつかんで立ちあがった。

智乃は思わずみあげる感じになった。

一メートル八十はあるだろう。智乃の立っているところから、三メートルは離れていたが、そう感じるほど宮之原は長身であった。

からだつきもがっしりしていた。

ヘビー級のボクサーのようだ。

それでいて、刑事らしさはまったく感じない。ビジネスマンというのでもない。智乃の周囲に宮之原に似たタイプの中年男性は皆無であった。外資系の会社のエグゼクティブなら、こういうタイプがいるかもしれない。

宮之原は大股に共助課の部屋をでて行った。

智乃は追い掛けて行って、久美子を捜してください、と頼みたいのを必死の思いでこらえている。

そう願いたいのはやまやまだが、それでは桐畑に申しわけないと思うのだ。

3

久美子のマンションの検証は明日、おこなうよう手続きを取ってもらうことにして警視庁を出ると、

「竹の塚へ案内してください」

桐畑は智乃にいった。

「いまから行っても会社へ出勤してるんじゃないですか」

「その会社までは調べられなかったのですよ。それに今日のところは本人に会わなくてもいい」

「そうですか」

智乃は不満だったが、会社が分からないのだから、佐久間涼男の住居へ行くしかなかった。

竹ノ塚駅は地下鉄日比谷《ひびや》線で一本であった。

この地下鉄は都心部を遠回りするように走っている。北千住《きたせんじゅ》までJRの電車で行ったほうが時間的には早いかもしれないが、桐畑は急ぐ必要はないというので、地下鉄にした。

昼間の日比谷線はガラ空きだった。

桐畑はシートに坐ると、名刺入れから宮之原のを抜き出し、

「おどろきましたよ。広域捜査官というのがあるとは聞いていたのですが、おなじ刑事でもえらい違いですな」

自分の服を見つめ、くすぐったそうな顔になった。

桐畑はよれよれのレインコートを着ていた。

「警部って偉いのですか」

「それは偉いですよ。警察官の階級は、したから巡査、巡査部長、警部補、警部ですから、わたしより二階級うえです」

「そのうえはどうなるんです？」

「警視、警視正、警視長、警視監、警視総監となります」

「さっきの課長さんの階級は？」

「警視ですね。吉野川署の署長も警視です」

「歳は刑事さんとそんなに変わらなかったみたいですけど……」

「歳は宮之原警部のほうが、わたしより二つ三つうえでしょう。階級はともかく、ああいうタイプの刑事をはじめてみました。都会的というか、お洒落《しゃれ》でしたな」

「わたしの会社なんかにも、ああいったタイプの男の社員、いません」

智乃は首をかしげた。

チェックのジャケットにチョコレート色のズボン。そんな服装で会社へでてくる社員はひとりもいない。

「事件を睨んだだけで解決するといってましたね。大迫ダムの被害者の身元を割りだしてくれると、ありがたいのだが……」

桐畑は苦笑した。

「あれは言葉のアヤなんじゃないですか」

智乃はそういいながら、あの警部なら割りだすのではないかと、思った。

少なくとも、久美子を見つけ出してほしい。千里眼にひとしい眼力の持ち主なのだ。それくらいは朝飯まえではないか。

そう思いたいのだ。

「すごいですね」

桐畑が電車の進行方向をみつめながらいった。

「何が、ですか」

「この地下鉄の長さですよ。まるで巨大なムカデのようだ」

「ここは初めてだと皆、おどろくんです」

東銀座と築地《つきじ》の中間であった。

日比谷線は左へほぼ九十度向きを変える。

十輌なのか、もっと長いのか数えたことはないが、乗客がすくないから何輌も先までがみとおせ、それがカーブを描いて走るのだから、巨大なムカデが曲がりくねって走るように感じるのだ。

「わたしなんかは田舎者《いなか》です。東京はおどろくことばかりだ。人間の多さでおどろき、さっきの警部でおどろき、地下鉄でおどろく。ま、しかし、さっき東京駅で乗り換えたとき、こんなに人間が多いのでは、そのなかの一人が行方不明になっても、身元を割り出すのは不可能に近い。そう思いましてね」

桐畑は妙に実感のある口調でいった。

頭のなかを占《し》めているのは、大迫ダムで殺された女性の身元のことだけらしい。

「あの女性、ホステスさんか何か、そういう商売の方だと思いますけど」

「たぶんそうでしょうが……」

「銀色のマニキュアが気になりました」

「しかし、いまは堅気《かたぎ》の女性でも、銀色のマニキュアぐらい、するのではないですか。東京駅から霞ヶ関までのあいだ、注意してみていたのですが、黒と緑が一人ずつ、紫が二人、銀色が一人いました」

「まあ……」

智乃は桐畑をみつめた。

田舎者だ、東京でおどろいてばかりいるといいながら、桐畑はすれ違う女性のマニキュアの色を観察していたらしい。

顔つきは鈍重《どんじゅう》だが、この刑事さんはシャープだ。

智乃は改めて思った。

昨日の朝、電話で話したときに、それを感じた。

聞くだけのことを聞いたうえで、久美子との違いを打ち明けた。

吉野川署で話しているときもそう思った。今朝、近鉄特急のなかで、久美子の母と佐久間専一郎の謄本のコピーをみせ、愛人だったのではないか、と指摘したときも同様だった。

千里眼とまではいかないまでも、名探偵の資格があるのではないか。

智乃がそれを、もう一度、確認したのは、四十分あまり電車に乗り、竹ノ塚で降りて、駅から十分ほど歩いた佐久間涼男の家を訪ねあてててからであった。

佐久間涼男の家は二階建てのプレハブ小屋のようなアパートであった。

上下に三軒ずつのドアがついていて、佐久間の部屋はしたの真ん中であった。

佐久間涼男は留守であった。

桐畑は隣りの部屋のチャイムを押した。

赤ちゃんを抱いた若い主婦が顔をだした。

桐畑は警察手帳をみせ、

「隣りの佐久間さんを訪ねて来たのですが、奥さんもお留守のようですね」

佐久間涼男が独身だと知っているのに、ぬけぬけとたずねた。

「佐久間さん、まだおひとりですよ」

若い主婦は怪訝そうに言った。

「それは参ったな……」

桐畑は弱ったようにいい、

「勤め先をご存じないですか」

軽くたずねた。

「銀座のほうだそうですけど、会社の名前まではきかなかったわね」

「ここの大家さんはどちらですか」

「大家さんはちょっと離れてるんですよ」

主婦はわずらわしそうにいった。

「可愛い赤ちゃんですね、女の子ですか」

「いいえ、男の子なんです」

「赤ちゃんに風邪を引かせてはいけない。ちょっとなかへ入れてもらいますよ」

桐畑は強引に玄関へ入り込んだ。

九十センチ四方の狭い玄関は、桐畑と智乃が二人立っていることができなかった。

桐畑はあがり框《かまち》に腰をかけ、智乃は体を小さくして立っていた。

玄関からすぐ六畳のダイニングキッチンで、奥に六畳の部屋があった。トイレはあるが、風呂はないらしい。

そういえば、来る途中で風呂屋の煙突をみた。

「佐久間さんはいつも何時ごろ、帰って来ます?」

桐畑はたずねた。

「遅いですよ。それにいまは旅行中なんじゃないかしら。先週の金曜日からみていませんから……」

主婦は気軽にこたえた。

最初にみせた警戒心は解けたようだ。

「金曜日からというと、今日でまる五日経ってますね」

「ええ、でも、わたし、何も聞いてませんけど……」

主婦は本当に知らないようだった。

「ひとりででかけたのですか」

「さあ……」

主婦は首を横に振った。

「電話でやっとつかまえることができたのが、先週の木曜日でした」

智乃は桐畑にいった。

主婦は思い出したように、

「そういえば、木曜日だったかしら。早く帰って来た日が一日だけあったわね。そう、その翌る日の朝、出勤して行くのをみたのが最後かしら」

と、いった。

「佐久間さんには恋人がいましたね?」

「ええ、まあ……」

主婦は生返事をした。

「こちらには迷惑をかけません。どんな女性でした。聞かせてください」

「去年の暮れごろから、三、四回、泊まっていったように思いますけど、泊まるんだから、恋人なんでしょうね」

「名前は聞いてないのですか」

「ええ。いつも夜遅くに佐久間さんと一緒に来て……。酔ってるんですよ」

主婦は嫌悪感を剝き出しにしにしていた。

「美人ですか」

「それが顔をみたことはないんです。後ろ姿をみただけなんです」

「いくつぐらいでした？」

「さあ、後ろ姿だけですから……。でも、佐久間さん、真面目な方なんですよ。それが、ここんとこ半年ほど、急に人が変わったようになって。まえはそんなに遅く帰るようなことと、なかったんですが、ここんとこはもう毎日、二時三時なんです」

「そんなに遅いんですか」

「ええ。タクシーで帰ってくるみたいです」

「銀座からですか」

「そうじゃないですか。その女性、紫色のマニキュアをしてましたから」

「こちらのように、髪の毛を長くして……」

桐畑が智乃に手のひらを向けた。

いまの若い女性は、ほとんどといってよいほど、髪の毛を長くしている。

「いいえ。その方、ショートカットでした」

智乃は桐畑をみつめた。

ショートカットで毒々しいマニキュアをしている。

その点は大迫ダムで殺された女性と特徴が似ていた。

「身長はどのくらいでした？」

「中肉中背でした。一六〇センチぐらいじゃないかしら。脚が長いんです。ジーンズとブーツがよく似合うんです」

「佐久間さんはその女性と一緒にタクシーで帰ってくることがあるのですね」

「ええ……」

主婦はうなずき、

「みたわけじゃありませんけど……」

と、いい足した。

「しかし、毎晩、タクシーじゃ大変でしょう」

「ええ、佐久間さん、急に金まわりがよくなったみたいなんです」

「よく分かりました。ありがとう」

桐畑は立ち上がった。ドアを開けて外へ出ようとし、

「佐久間さんの勤め先を知りたいんですがね。佐久間さんが親しくしていた人を知りませんか」

最後に聞いた。

「さあ……」

若い主婦はそれ以上のことは知らないようであった。

「念のため、大家さんの住所と電話番号を聞かせてください」

「ちょっと待ってください」

主婦は奥の部屋へ引っ込んで行った。

住所録を持って来た。

大家は埼玉県の春日部《かすかべ》に住んでいた。

それをメモすると、外へ出た。

桐畑はきびしい顔つきで、佐久間の部屋を挟んだ奥の部屋へ歩んで行った。

4

ここでも似たようなことしか聞けなかった。

桐畑は二階の部屋も聞いてまわった。

佐久間涼男は一年半ほどまえから、このアパートに住むようになった。

目立たない地味なサラリーマンだったが、ここ半年あまり、生活が派手になった。

夜中の二時、三時に酔って帰ってくる。女性連れのことがめずらしくなく、こんなアパートだから深夜の話し声で迷惑していた。

だが、この三日、四日、静かだから旅行にでかけているのではないか。

そんな内容であった。

竹ノ塚の駅へ引き返す途中で喫茶店をみつけて、桐畑と智乃はひと休みすることにした。

桐畑はコーヒーを注文すると、レジ横の電話へ立って行った。

だが、すぐにテーブルへ戻って来た。

「大家に問い合わせたのですが、会社員というだけで、勤務先までは聞いてないそうです」

智乃にそういった。

「だけど、ショートカットの女性って、大迫ダムで殺された人じゃないですか」

「そんな気がしますね」

桐畑はうなずき、

「佐久間涼男がいまのアパートに住んだのと、住民票を移動したのは一致しています。一昨年の夏なのだが、川添久美子さんが緊急の連絡先に、いまの住所と電話番号を書いていたということは、佐久間涼男の引っ越しを知っていた。つまり、この一年半のあいだに佐久間と連絡があったわけですね」

まったく別のことをいった。

「そうなりますね」

智乃はそこまで頭がまわらなかった。

盲点を衝《つ》かれたような気持ちだった。

「しかも、あなたや久美子さんとおなじ日に、奈良へ行っていた。そのうえ、大迫ダムの女性まで一緒だったとなると、これはどう考えたらいいのですかね」

「大迫ダムの女性も奈良へ行っていたのですか」

「それは確認していません。しかし、万燈籠の日の夜中にダムで殺されたのだから、佐久間と一緒だったと考えるのが自然でしょう」

「でも、そうだとすると、その女性を殺したのは佐久間涼男になりますけど……」

智乃は息を飲んだ。

佐久間とは電話で話しただけだが、電話にしろ話をした人物が殺人事件の犯人だというのはショックだった。

それだけではない。

佐久間は久美子を麻酔銃で撃った。

撃たれた久美子は森のなかへ走り込んだ。

佐久間はなぜ、久美子を撃ったのか。久美子はなぜ、森のなかへ走り込んだのか。

森のなかへ走り込んだ久美子は、麻酔が効いて眠りにおちたはずなのだ。

だが、春日大社の参道一帯の森からは、久美子は発見されていない。

森のなかに佐久間とショートカットの女性がいたとすれば、久美子はその二人に奈良公園から運び出されたはずなのだ。

その久美子が大迫ダムで死体となって発見されたのなら、話はわかる。

ところが、殺されていたのはショートカットの女性だった。

とすると、久美子はその女性が殺されたとき、立ち会っていたのではないか。

そんな悪い予感が智乃を押しつつんでいる。

桐畑は智乃の気持ちを読み取ったようだ。

「あまり突き詰めて考えるのは、やめたほうがいいですよ。いまの段階では佐久間の話を聞くことが先決問題です。あれこれ考えるのはそれからにしましょう」

と、なだめるようにいった。

「それはそうですが……」

智乃は口ごもった。

桐畑に問い質された佐久間の口から、どんなことが出てくるか。

まさかとは思うが、久美子が佐久間の共犯にさせられたのではないか。

それを考えると、居ても立ってもいられないような不安に責めたてられるのだ。

「わかっている事実だけを整理しましょう」

桐畑は智乃の緊張をときほぐすように、運ばれて来たコーヒーをひと口飲み、

「春日大社の万燈籠をみに行こうと誘ったのは、久美子さんでしたね」

静かにいった。

「ええ」

「久美子さんは急にいいだしたのですか」

「ええ。誘われたのは一週間ほどまえです。わたし、あまり気が進まなかったのですが、旅館が取れた。このチャンスを逃すと万燈籠をみられないからといわれて……」

「奈良へ向かう列車のなかとか、奈良へついてから久美子さんはいつもとどこか違うように感じなかったですか」

「そんなことはなかったと思うんですけど、いまから振り返ると、久美子、どこか興奮していたように思えてきますけど……」

万燈籠のためだと、智乃は思っていた。

智乃も万燈籠に灯が入り、闇のなかでほのかに揺れているのをみて、気持ちが浮き立ってくるのを覚えた。

誘った久美子のほうが、興奮していたのは当然だと思ったのだ。

「久美子さんが奈良で誰かと会うような話はなかったのでしたね」

「ええ」

「で、久美子さんが森のなかへ走り込んでいったのが八時ごろだった。これもたしかですね」

「ええ、間違いありません」

「その四時間後に大迫ダムでショートカットの女性が殺された。この女性の臀部に注射針で刺されたような傷があり、麻酔用のニコチン酸が検出された」

「一方、佐久間涼男はわたしたちとおなじ日の午後、奈良公園の鹿苑の管理事務所を訪ねていた。佐久間は鹿苑で働いていたことがあり、麻酔銃を扱った経験もある。ただし、鹿苑から麻酔銃を持ち出してはいない。こうですわね」

「そのとおりです」

「わたしは奈良で捜索願を出して、翌朝、春日大社ちかくの奈良公園を探したんです。公園は広いですから、見落としがあったかもしれないけど、十日以上すぎたいまになっても、久美子が発見されていないのですから、奈良公園のどこかで死んでるってことはないと思います。東京へ帰ってから分かったことは、久美子が緊急のときの連絡先として、マンションの管理人に佐久間涼男の電話番号を届けてあった。それから、昨日の朝、大迫ダムで久美子が殺されたという電話があったことです」

智乃はひと息に話し、ふと顔を曇らせた。

もう一つ、久美子が日商物産に入社したとき、保証人になった人物が分かっている。

だが、これは桐畑に告げていなかった。

告げることができなかったのだ。

その人物は松波興産の常務取締役の狭間弘幸で、松波興産は大迫ダムの奥にリゾート村を造っている。

大迫ダムでショートカットの女性が殺されたのは、そのリゾート村と関係があるのではないだろうか。

もし、関係があるとすれば、久美子は松波興産にからんだ事件で、何らかの役割を担《にな》わされたのだ。

昨日、電話をして来た男は、もしかすると狭間弘幸なのではないか。

智乃にはそう思えてならない。

そして、それがなおのこと、桐畑に狭間弘幸の名を告げることをためらわせているのだ。

5

事件が思わぬ方向へ発展したのは、その翌日であった。

智乃はその日も、会社を休んで久美子の代官山のマンションへ直行した。

久美子のマンションを検証して、指紋を採取し、大迫ダムで殺された女性の指紋と照合するのに、立ち会うためであった。

桐畑はすでに来ていた。

智乃が到着して間もなく、警視庁の鑑識係が二人、マンションの鍵をとりつけたメーカーの従業員をともなって到着した。

本人が不在で、しかも友人の智乃が申請人になっているため、大事をとって共助課長みずから陣頭指揮に出向いて来た。

共助課長は宮之原警部まで同行していた。

宮之原はダスターコートを着ていたが、コート姿もよく似合った。

家宅捜査の令状を管理人にみせて、作業に取りかかろうとしたとき、

「ちょっと待ってください。あの部屋の所有者は川添久美子ではなくなっています」

管理人が異議を申し立てたのだ。

「川添久美子ではない？」

共助課長がたずねた。

「ええ、一昨日のことです。この方がみえまして、あの部屋を買った、当分は現状のままにしておくが、所有権はこのとおりだと、権利書と登記簿謄本をみせてくれました」

管理人は入居者名簿のファイルに挟んだ名刺をだした。

共助課長は名刺を桐畑にしめした。

「松波興産の会長、松波光治……」

桐畑は息を飲む顔になった。

「ご存じですか」

課長がたずねた。

「はい。この松波興産は吉野川署の所轄内にレジャー村を建設中です」

「ほう。松波はそんなことをしているのですか」

課長は初耳だったようだ。

「松波光治をご存じですか」

桐畑が逆にたずね返し、

「松波をしらん警察関係者はいないでしょう」

課長は苦笑しながら、宮之原に顔を向けた。

宮之原はだまってうなずいた。

課長がいった。

「桐畑さん、相手が悪いよ。松波の了解を取らずに鍵を開けると、ひと悶着《もんちゃく》起きるね」

「しかし、川添久美子は失踪しているのですよ。いつ、松波にマンションを売ったのです？」

桐畑は管理人にたずねた。

「これが登記簿謄本の写しです」

管理人はファイルから謄本を取り出した。

桐畑は所有権の事項欄の最後へ目を食い入らせた。

そこには、

所有権移転
平成弐年弐月八日受付
第四五四九六号
原因　平成弐年弐月七日売買
所有者　東京都中央区銀座三丁目弐拾番
株式会社　松波興産

と書かれ、登記官の印鑑がおされてあった。

桐畑はそれを智乃にみせた。

「これ、おかしいです。川添久美子はこの三日の夜から行方不明なんです。それなのに七日に売買しているなんて……」

智乃は叫ぶようにいった。

「それはそのとおりだが……」

桐畑も戸惑っていた。

「とりあえずは松波興産の許可を取っていただこう。そのうえでないと、部屋へ入るのは問題だね。桐畑くん」

課長は桐畑をうながし、桐畑は電話にとびついた。

その桐畑を横目に見ながら、課長は、

「これはいよいよ、名探偵のおでましだな。松波光治のことだ。簡単に尻尾をだすようなことはしてないだろう」

宮之原をそそのかすようにいった。

桐畑は電話で話し合っていたが、受話器を置くと、

「家宅捜査までされるようないわれはないといっております」

課長に告げた。

「それじゃあ、捜査令状を取り直すしかないが、所有者が松波となると、令状を取る理由はどうなるのかな」

課長は首をひねった。

「でも、課長さん、大迫ダムで殺された女性が川添久美子かどうか、調べるのですから、マンションの所有者は関係ないのではないですか。家宅捜査をするのは人物ではなくて、マンションの部屋なのでしょう」

智乃は訴えるようにいった。

「そのとおりですが、このように、川添久美子自宅となっていますね」

課長は捜索令状を見せた。

正式には検証許可状であった。

その令状では、川添久美子が殺人事件の被害者の可能性があり、川添久美子の自宅の検証を許可すると書かれてある。

「でも、それは……」

「わかりますよ。ですが、川添久美子の自宅でなくなってしまった以上、令状を取り直さないと、わたしたちが家宅侵入の罪に問われることになります」

「でも、久美子が殺された可能性があるんですよ。マンションから久美子の指紋を採取して、大迫ダムで殺された女性とおなじか、違うか、はっきりさせないと……」

そうしなければ、智乃も疑問を抱えたまま、中途半端な思いを抱きつづけなければならないし、桐畑の捜査も進展しない。

「お嬢さん、このマンションの検証は、川添久美子という女性の指紋を採取するだけが理由ですか」

宮之原が横からたずねた。

「ええ。ほかにも気がかりなことがありますが、最初の目的はそうでした」

「それなら、何もこのマンションを無理に検証しなくてもいいのじゃないですか」

「えっ？」

智乃は宮之原をみつめた。

久美子は行方不明なのだ。

自宅以外のどこで指紋を採取することができるというのか。

「川添久美子は勤めていたのじゃないですか」

宮之原は智乃にたずねた。

「ええ。日商物産に勤めていましたけど……」

「だったら、日商物産の彼女のデスクを検証すればいい。会社のデスクだから、ほかの人物の指紋もあるでしょうが、引き出しのなかの書類とかボールペンから、彼女の指紋をとれるのじゃないかね」

「あっ！」

智乃は息を飲んだ。

いわれてみるとそのとおりであった。

マンションの鍵を開けたり、取り替えたりするまでもなく、会社なら課長か部長の許可だけですむ。

課長や部長が指紋採取を拒否することはないはずであった。

「それでよろしいですか」

共助課長が桐畑に同意を求めた。

桐畑は承諾した。

智乃は不満だったが、桐畑にしてみれば大迫ダムで殺された女性の身元確認のために上京したのだ。

失踪した川添久美子が、ひそかに東京へ帰り、松波光治にマンションを売買したことに疑問を持ったとしても、その捜査を始めるわけにはいかない。

共助課長以下、桐畑も智乃も全員が日商物産へ向かった。

日商物産は赤坂にあった。

一流の商社だが、話はすぐ通じ、久美子のデスクから指紋が採取された。

指紋は何種類も採取されたが、圧倒的に多いのは引き出しのなかにあった事務処理用の印鑑に付着していたのと同一のものであった。

それが、たぶん久美子の指紋であろう。

その指紋と桐畑が持って来た指紋とを照合した。

「違っております。大迫ダムで殺された女性は、やはり、川添久美子さんではないようです」

桐畑は残念そうにいった。

智乃はほっとしたが、同時に突き放されたような気持ちであった。

「刑事さん、すると久美子の捜索はどうなるのですか」

「わたしはもう一日、東京に泊まって佐久間を追うことにします。佐久間は昨日も帰って来なかったですからね」

桐畑は佐久間に一縷の望みをつないでいるようであった。

「でも、佐久間が今日も帰って来なかったら、どうなります？」

「吉野川署では佐久間の親戚を当たっています。今日中には勤務先がわかると思う」

「でしたら、わたしもご一緒させてください」

智乃はすがるような思いでいった。

「いや、これ以上、ご迷惑をかけることはできませんよ」

桐畑は苦しそうにいった。

言葉ではそういっているが、表情にはこれ以上、相手はしておれない、付きまとわれるのは迷惑だという色がはっきりと出ていた。

「そうですか……」

智乃は恨《うら》めしい思いで桐畑をみつめ、胸のなかで決意を自分に言い聞かせていた。

松波興産へ行こう。

狭間弘幸と会うしかない。狭間に会って、久美子とどういう知り合いなのか。

日商物産に入社したとき、保証人になったのはなぜか。

それをたずねるしかないと決心したのだ。

6

智乃は虎《とら》ノ門《もん》まで歩いて、地下鉄銀座線に乗った。

二つ先の銀座で降りた。

地上へ出ると銀座四丁目の交差点にある交番へ寄った。

三丁目二十番地の松波興産がどの辺りなのかたずねた。

場所はすぐ分かった。

銀座でも昭和通りを越えたはずれであった。

智乃は交差点の横断歩道を二度渡り、三越《みつこし》デパートに沿って先へ歩いた。

単身敵地へ乗り込むような悲壮な気分であった。

昭和通りを渡り、歌舞伎座のまえを突っ切った。

地下が首都高速道路になっている銀座公園の手前を左へ曲がった。

五十メートルほど先に松波興産の看板が見えた。

看板には馴染《なじ》みがあった。

地上げや土地の値上がりが話題になる度《たび》に、テレビの画面によく出る看板であり、ビルであった。

智乃は武者《むしや》震いがするような緊張を感じている。

あのビルの玄関をくぐったら、二度と外へ出てこれないのではないか。

そんな空恐ろしさをおぼえる。

だが、狭間弘幸に会わなければならない。

久美子を捜し出す手段はそれしかないのだ。

ビルのまえに来た。

智乃は真っ直ぐに入ろうとした。

そのとき智乃は背後から呼び止められた。

「蔦沢さん……」

智乃は足をとめ、振り向いた。

視線の先にダスターコートを着た長身の男が立っていた。

千里眼の名探偵がゆっくりと、大股にあゆみ寄って来た。

「警部さん……」

智乃は地獄で仏に会った思いがした。

「松波光治に会うのですか」

千里眼の名探偵は智乃の横に立ち、そよぐような微笑を浮かべた。

「えっ?」

智乃は一瞬とまどった。

会うのは狭間弘幸であった。だが、宮之原は智乃が松波光治に会おうとしていると思ったらしい。

「わたしも会ってみたいと思ってね。どういう手を使えば、あのマンションが手にはいるのか。松波光治の手品のタネに興味がある」

智乃は咄嗟《とっさ》に頭を切り換えた。

狭間弘幸でなく、松波光治でもかまわない。

松波は久美子からマンションを買ったことになっているのだ。

管理人室で見た登記簿謄本では二月七日に買い、八日に所有権移転の登記をしていた。

当然、二月七日に松波は久美子と会っているはずであった。

その松波に会えるなら、そのほうが話は早い。

しかも、名探偵がついていてくれる。

こんな幸運は願ってもないだろう。

「久美子があのマンションを売るわけはないんです」

智乃は憤然とした顔をしてみせた。

「行方不明のまま売買はできないでしょうね。だが、松波クラスになると、幽霊とだって契約をするらしい。手品どころか超能力を持っている」

宮之原はそういうと、智乃の先に立って松波興産ビルの玄関をくぐった。

くぐらなければならないほど低い玄関ではなかったが、宮之原は頭を低めた。そう智乃が感じたほど、宮之原が大きく見えたのだ。

宮之原は受付で名刺を出した。

受付嬢は飛び切りの美人であった。

ただ、目のしたのあたりが、すこしのっぺりとしていた。たぶん、整形手術をしたのだろう。それに愛想笑いをすると頰が引きつるようにみえる。

顔全体を整形したのかもしれない。

「会長にお会いしたい。アポイントは取ってないが、代官山のマンションの売買は殺人事件の匂いがする。そう伝えてください」

受付嬢はすくみあがったようだ。

カウンターの電話を取ると、

「会長に警察の方がご面会したいといっておいでです。アポイントは取ってないが、代官山のマンションは殺人事件の匂いがすると仰っています」

正直に取り次ぎ、

「ただいま、秘書課長がまいるそうです」

と、告げた。

三分ほど待たされた。

左手のエレベーターからダークスーツを着た四十前後の男が出て来て、

「会長に面会を申し込まれた方ですか」
宮之原の前に立ち、深々とお辞儀をした。
暴力団員のような顔をしていたが、気味が悪いほど礼儀正しかった。
男は宮之原と智乃を不思議な組み合わせのようにみくらべ、
「どうぞ、ご案内いたします」
エレベーターへ案内した。
七階へあがった。
エレベーターを降りると赤い絨毯《じゅうたん》が敷いてあった。
踵《かかと》まで埋まりそうなほど毛足の長い絨毯であった。
その赤絨毯を一番奥まで歩いた。
ワックスでも掛けたようにピカピカに光るドアをノックした。
ドアが内側から開いた。
受付嬢を十倍ほど磨《みが》いたような美人が、
「どうぞ、お入りください」
うやうやしいほど深いお辞儀をした。
部屋の奥にもう一枚、ドアがあり、美人がそのドアを開けた。

広い窓を背にして、六十歳前後の穏やかそうな男が坐っていて、ドアが開くのと同時に立ち上がった。

男は小太りで、ネコ背だった。

髪の毛が半分白くなっている。金縁の眼鏡の奥の目がどこか狡《ずる》そうであった。

「警察の方に脅迫されるとは思いませんでしたよ」

男は宮之原をみつめて、そういい、

「ま、どうぞ」

ドアをはいった右手にある豪華なソファーへ手のひらを向けた。

「警察庁の宮之原といいます」

「ケイサツチョウ?」

男は不審そうな顔になったが、

「松波光治です。ま、どうぞ」

宮之原と智乃が坐るのを待って、向かいあったソファーへ腰をおろした。

「早速ですが、二月八日に登記した代官山のマンションを誰から買ったのか、きかせていただきたいのですが……」

宮之原は単刀直入《たんとうちょくにゅう》に切り出した。

「あのマンションでしたら、うちの社員で佐久間涼男という者がおります。その佐久間涼男から買ったのですが、何か不審な点でも？」

松波は狡そうな目を瞬《しばた》かせながら答えた。

佐久間涼男。

智乃は息を詰めた。

探しあぐねていた人物であった。

「佐久間涼男から買った？　登記簿謄本の写しを拝見したが、そういう名前は記載されていませんでした。あなたのまえの所有者は川添久美子でした」

「それは、佐久間涼男名義の登記を省略しただけのことです。念のため、お見せしましょう」

松波はデスクへ立ち、引き出しから書類を取り出すと、それを宮之原のまえに置いた。

契約書が二通あった。

宮之原はざっと目をとおし、智乃に手渡した。

一通は川添久美子が佐久間涼男へ売った契約書だった。これは二月四日の日付になっていた。

筆跡は間違いなく、久美子のものであった。

もう一通は佐久間涼男が松波興産へ売った契約書であった。

最初の買い主の署名が、こちらでは売り主になっていた。

つまり、二通の契約書は川添久美子が佐久間涼男に代官山のマンションを売り、その佐久間涼男が松波興産に転売したことを語っていた。

金額はまえのが一千万円で、あとのが一億円になっていた。

「あのマンションが一千万円ですか」

智乃は呆れ声を出した。

松波が買った一億円でも、十分の一以下の金額であった。まして、一千万円というのは、ただのようなものであった。

「そちらはわたしは関知しておりません。ただ、佐久間はうちの社員です。買ってくれと泣きつかれまして、一億でいいというのです。不審があったら佐久間に聞いていただきたい」

「佐久間涼男という人物は出社していますか」

「いるでしょう。いるはずです」

松波はもう一度、デスクへ立って行き、インターホンへ、

「営業の佐久間くんを呼んでくれ」

と、告げ、

「何？　休んでいる？　一昨日からずっと。わかった」

松波はインターホンから指を離し、ソファーへもどって来ると、

「一昨日から休んでおるそうです。ま、そういうことです。何かご不審なことが出ましたら、いつでもおいでください」

坐ろうともせずにいった。

「先週は会社に出ていたのですが」

「八日にここで契約を交《か》わした。その翌日も顔をみかけたな。我が社は土曜は休日だから、先週はたしかに出勤していましたよ」

宮之原は智乃に顔を向けた。

何か聞くことはあるかという顔であった。

「久美子のマンションには、すごく高価なお茶碗や掛け軸など、お茶道具がたくさんあります。それはどうなるのですか」

智乃は必死の思いでたずねた。

「契約書の特約条項に書いてあります。佐久間はがらくたを運び出すのが面倒なので、家具調度、所有品などマンション内の一切の処分はこちらでしてくれということでした。こ

ちらも困ったのだが、念のため、その処分はこちらが行うことを、契約条項で決めたしだいです」

松波は木で鼻をくくったようにいった。

「がらくたではないはずです。それに、久美子は大都《だいと》銀行の本店の貸し金庫に、美術品を預けていました。その貸し金庫の中身はどうなったのです」

「それも、特約条項に記載してあります。別紙念書の所有品もふくむ、とね」

松波は得意そうにいった。

「わかりました……」

宮之原はそういって立ちあがった。

それを盗みみしていたようにドアが開いた。

超美人がにこやかにお辞儀をしている。

宮之原と智乃は超美人にみ送られて会長室を出た。

エレベーターで一階へ降りた。

「あんなの嘘です。わたし、信じられません」

智乃がいったのはビルを出たあとであった。

「わたしも信じませんよ」

「だったら、どうして、問い詰めなかったのですか」

「いずれ、問い詰めますよ」

宮之原は気軽にいった。

「いずれっていつです？」

「三日といいたいが、相手が松波だから、三日では無理かな、一週間でどうです？」

「一週間？」

智乃は宮之原をみつめた。

「遅すぎますか」

「いいえ。一週間で久美子を捜し出してくださるのですか」

「それは保証できない。松波を問い詰めるまでの日数が一週間だというのです」

「久美子はどうなっているのですか」

「いまの契約書の筆跡は川添久美子のものでしたか」

「ええ。たしかに久美子の筆跡でした」

「じゃあ、川添久美子が署名したことは間違いない。日付はあとから書き込んだかもしれないが、すくなくとも、川添久美子はマンションを売る意志を持っていた……」

「でも、金額が安すぎます。あのマンション、都心の一等地でしょう。広さだってすごいんですよ。十億をくだらないはずです」

「売買金額はお互いが納得すれば、いくら高くても安くても、警察がクレームをつけるわけにはいかない。問題はマンションを売った川添久美子と佐久間涼男が消えてしまったことです」

「殺されたのでしょうか」

智乃は息を飲む思いで宮之原をみつめた。

「さあ、まだ何ともいえませんね」

「松波光治が殺したのじゃないですか」

「わたしの直感では、松波じゃないですね。松波は人を殺すことなど屁とも思っていない男だが、人を殺した場合の罪の重さを承知している。殺した相手のマンションを自分のものにするわけがない」

「でも……」

智乃は名状しがたい混乱におちいっていた。

松波はただ同然で、代官山のマンションを手に入れた。

持ち主だった久美子が行方不明のままなら、中間に入った佐久間涼男も先週の土曜日から姿を消してしまった。

「松波が誰かに頼んで殺させたのですか」

「それだと、松波が殺したのもおなじことですよ。川添久美子と佐久間涼男、それにもう一人、ショートカットの女性がいましたね。三人を殺したのは松波以外の人物だと思う。その人物の狙いはマンションと美術品だった。ところが、松波は手品を使った。自分は横で見守っていて、獲物だけをちゃっかり手に入れたのでしょう」

宮之原はかすかに微笑した。

智乃は呆然と宮之原の横顔をみつめた。

高速道路を走る車の騒音が重くひびいていた。

排気ガスの匂いがただよっている。

ここは銀座三丁目だが、銀座らしい華やかさは少しもない。むしろ、地獄の三丁目のような殺伐《さつばつ》とした街角であった。

第4章　三十六歌仙絵巻・真贋《しんがん》のはざま

1

宮之原は銀座通りへ引き返しながら、智乃に話しかけた。

「おおよそのことは共助課長から聞いていますが、さっきあなたは大都銀行の貸し金庫の話をしましたね。川添久美子は何を預けていたのです?」

「掛け軸が五、六本と、抹茶茶碗が三点ほど……。それに絵巻物がありました。どれも古いものですけど、絵巻物は上下巻二巻で『三十六歌仙絵巻』というんです……」

「三十六歌仙絵巻?　古いものですか」

「古いものだと思います。そうだ。むかしの新聞のコピーが一緒に入っていました。大正八年だったかに、『三十六歌仙絵巻』を切り売りしたという記事でしたけど、当時の値段で三十八万円だとか、書いてあったと記憶してますけど……」

「大正時代の三十八万ね」

「いまのお金にすると、どのくらいなんですか」

「さあ、見当がつかないが、当時の一万円がいまの一億円かな。いや、もっと価値があったかもしれない。しかし、何が三十八万円だったのです？」

「ですから、三十六歌仙絵巻が、三十八万円だったのです」

「三十六歌仙絵巻が三十八万円だったのはわかる。だが、その絵巻物は切り売りしたのでしょう」

「ええ。個人で三十八万円を出せる人がいなかったそうなんです。それでバラバラに切り売りしたそうです」

「すると、貸し金庫に預けてある絵巻物はバラバラになっているのですか」

「いいえ。ちゃんとした巻物です。巻物といっても結構おおきいんです。太さだってこのくらいありましたけど……」

智乃は両手を肩の広さにひろげ、そのあとで両手で丸をつくった。

智乃は三度手伝った。

銀行から受け出してくる久美子の護衛のようなことだったが、丸の内の銀行に行くのにハイヤーを頼んだ。

大都銀行の本店の貸し金庫は地下にあり、登録してある印鑑を捺印《なついん》して、金庫の並んでいる部屋へ入れてもらうのだが、その印鑑がないとなかへ入れてもらえないのだった。

貸し金庫の鍵は久美子が持っていて、いつもは納戸の奥の金庫にしまってあった。

銀行へハイヤーで乗りつけるのは、タクシーだと途中でどんな事件に遭うかもしれないからだというのだった。

久美子の母は遺言でくわしくいい残して亡くなったという。

智乃がその話をした。

「話がよく分かりませんね。三十六歌仙絵巻はバラバラに切り売りされたのでしょう。それを集めて、つなぎ合わせたのですか」

「それはできないのだそうです」

「どうして?」

「久美子から聞いたのですけど、絵巻物って一枚の長い紙に描くのじゃないそうなのです。逆に一枚ずつの紙に描いたのをつなげて、一巻にするのだそうです……」

「だったら、つなぎあわせることだって、できるのじゃないですか」

「ところが買った人は一枚の絵として、掛け軸に表装しますでしょう。余分な部分を切り取ってしまうそうなのです。ですから、もう一度つなぎあわせても、おおきさがチグハグになっていて、元の巻物の形には復元できないそうなんです」

「すると、『三十六歌仙絵巻』はおなじものが二つ、あったのですか。一つは切り売りされた。もう一つが川添久美子の家に伝わっていた」

宮之原はそういうと、

「その喫茶店に入ろう」

昭和通りを渡った角にある喫茶店へ目をやった。

ちょうど昼休みで喫茶店は混んでいたが、二人が入ったのと入れ違いに窓際のテーブルの客が席を立った。

「わたしは食事をします。あなたもどうぞ」

「わたしはお紅茶をいただきます」

智乃は胸がいっぱいで、食事などのどをとおりそうになかった。

「じゃあ、カレーライスと紅茶」

宮之原はウエートレスに注文し、

「失礼しますよ」

コートのポケットから缶ピースを取り出した。

「いつも、それを持ち歩いてらっしゃるのですか」

智乃は呆れ顔になった。

昨日、警視庁で会ったときは、共助課長のデスクに缶ピースを置いていた。それを鷲《わし》づかみして出て行った印象が強烈だった。

「煙草は嫌いですか」

「いいえ。わたくしは吸いませんけど、人が吸っているのが気になるほど嫌いではありませんから……」

「それはありがたい」

宮之原は微笑し、ピースを唇にくわえて火をつけた。

深々と煙を吸い込み、三、四回吸ったと思うと半分以上残っているのをもみ消し、新しいのに火をつけた。

「川添久美子のマンションには、掛け軸や茶碗がたくさんあったそうですね」

宮之原は三本をたてつづけに吸い、四本目に火をつけながらたずねた。

「ええ。わたしはもちろん、久美子も価値は分からなかったと思います。でも、すごく高そうなものが耐火設備のある納戸にしまわれていました」

「それは惜しいことをした」

「えっ？」

「いや、今朝、鍵を開けてマンションへ入ればよかったということです」

「警部さん、ああいうものにくわしいのですか」

「貧乏な刑事がくわしいわけがないでしょう」

宮之原は苦笑を浮かべ、

「ただ、わたしはどういうわけか、ああいうものに関係した事件にぶつかるのですよ。お陰でああいうものを甘くみる恐ろしさを知ったように思います」

と、いった。

「掛け軸やお茶碗が恐ろしいのですか」

「そりゃあ、恐ろしいですよ。わたしには古ぼけた下手な絵としか思えないが、みる人がみると何千万はおろか億の価値があったりするでしょう。人を殺してでも手に入れたくなる宝物がまぎれ込んでいるケースだってある」

宮之原は肩をすくめてみせた。

冗談めかしていたが、智乃は笑う余裕が持てなかった。

三十六歌仙絵巻もそうだが、久美子は宝の山のなかで暮らしていた。

それらは智乃にも久美子にも、宝という実感がなかったが、考えてみれば久美子のマンションそのものが、宝のような存在であった。

いや、マンションはまだしもおおよその価値がわかる。古くて汚れた掛け軸や茶碗は、価値の見当がつかなくて、それだけに久美子は持てあましていたのかもしれない。

そういえば久美子はマンションも持てあましていた。

若い久美子がひとりで暮らすのには広すぎた。

広いだけでなく、高くなりすぎた。

二桁の億になっているかもしれない。

そのマンションと宝物が、久美子の命を奪ったのではないか。

智乃にはそうとしか思えなくなっている。

2

「大都銀行の貸し金庫を当たってみましょう」

宮之原は喫茶店を出ると、タクシーをひろった。

銀座三丁目からは丸の内までは、ほんの目と鼻の距離であった。

大都銀行はギリシャ神殿のような御影石《みかげいし》の円柱の立つ荘重な構えをみせていた。

宮之原と智乃は、その玄関を入った。

都市銀行の本店らしく天井の高い、広々とした店内の一番奥が貸し金庫の係であった。

宮之原は警察手帳を示し、

「こちらを利用している川添久美子という女性のことで伺《うかが》いたいのだが……」

久美子がいまでも貸し金庫を利用しているのか。

いるとしたら、最近来たのはいつか、教えてほしいとたずねた。

係は金庫開閉書綴じ込みをひろげ、

「その金庫ですと、二月七日に開閉なさっております」

事務的な口調で答えた。

「来たのは川添久美子本人ですか」

「いいえ。佐久間涼男さまでございます」

「佐久間涼男が？　佐久間涼男は代理人に登録されているのですか」

「はい。登録されておりませんと、わたくしどもではご案内いたしません」

「では、誰と誰が代理人になっているか、調べてください」

宮之原はたたみかけるようにたずねた。

貸し金庫は利用者が、代理人を決め印鑑を登録することになっている。

大都銀行の場合は利用者のほか、代理人を二人、登録することができる。その三人以外は金庫に近づくこともできない。

三人にしても、登録した印鑑を開閉書に記名捺印して、初めて金庫室へ入ることができるシステムであった。

たとえ、本人でも、印鑑がなければダメなのは、預金を引き出すときとおなじであった。

そのうえ、銀行員立会いで金庫室へ入り、利用者本人だけが持っている鍵と、銀行が保管しているマスターキー、二つの鍵で開けることになっている。

代理人が印鑑だけ持って来ても、鍵がなければ開閉できないし、鍵だけでも印鑑がなければダメなのは、預金を引き出すのに、通帳と印鑑の二つが必要なのとおなじであった。

「川添久美子さまご本人のほかに、代理人が二人、登録されております。佐久間涼男さまと、狭間弘幸さまでございます」

係員はこたえた。

「それで、七日には佐久間涼男が来た。預けてあったものを持ち出して行ったのですか」

「さあ、そこまでは分かりかねますが……」

係は素っ気なくいった。

たとえ警察官でも、貸し金庫については必要最小限のことしか打ち明けないのがセオリーになっているらしい。

久美子の貸し金庫はすでに空になっているはずだが、それを確認するのには令状が必要なのだ。

「わかりました。ありがとう」

宮之原は係員に礼をいって、質問を打ち切ると、唖然としている智乃へ顔を向け、ホールの隅の椅子に腰をおろした。

「佐久間涼男はあなたに、川添久美子とは縁が切れたといったそうだが、これでみると縁はつづいていたようですね」

「ええ……」

智乃は疑問と不安で胸を詰まらせながらうなずいた。

貸し金庫の鍵は久美子しか持っていないのだ。

その鍵を佐久間涼男が持って来た。

しかも、久美子が姿を消したのは、二月三日なのだ。

そのうえ、四日には佐久間に一千万円というただのような金額で、代官山のマンションを売っている。

松波興産の松波光治がみせた契約書では、マンションと一緒に貸し金庫のなかのものまで佐久間が買ったことになっているが、それをどこまで信じてよいのか。

智乃は売買契約そのものが、松波の意向を受けた佐久間の手で、いいようにつくられたのではないかと思えるのだ。

「それに、もう一人、狭間弘幸という人物がいる。これは川添久美子が日商物産へ入社するとき、保証人になった男ですね」

宮之原はもう知っていた。

「そうです。わたくし、桐畑刑事さんに話しそびれてしまったのですが……」

智乃は泣きベソをかくようにいった。

「どういう男です？」

「それが、松波興産の常務取締役なのだそうです」

「なるほど、そういうことだったのですか」

宮之原は智乃の顔をのぞいた。

その目が、それで納得がいったというように微笑《ほほえ》んでいた。

「そうなんです。わたし、松波興産の会長に掛け合う度胸はありません。狭間弘幸という人に会って、久美子とどういうつき合いなのか、聞こうと思ったのです」

「だったら、そうしよう。保証人になったほどなのだから、あなたの知らない川添久美子の一面にくわしいはずだ」

「もう一度松波興産へ乗り込むのですか」

「それだと狭間弘幸は話すつもりでも話せなくなるでしょう。それよりはあなたが電話してみてください。川添久美子のことで相談がある。会ってほしい、と。断るようなら、わたしがほかの手を打ちます」

「わかりました」

智乃はホールをみまわし、公衆電話へ歩み寄ると、電話帳で松波興産の番号を調べ、ダイヤルをまわした。

「常務の狭間さんをお願いします」

緊張で胸を熱くさせながら告げた。

交換嬢はどこの誰かとも聞かなかった。

狭間はすぐにでた。

「川添久美子の友人で蔦沢智乃と申しますが、久美子さんの行方が分からなくなって捜しているのです。そのことでご相談に乗っていただけないでしょうか」

受話器から息を詰めた気配がつたわってきた。

「いま、どこにおいでです？」

狭間がたずねた。

「丸の内におりますが、そちらの近くへまいります」

「いや、丸の内のほうがいい。そうだ、丸ビルの正面玄関を入った左手に煙草の売店があります。そのまえでお会いしましょう。いまから、すぐ出ます。十五分もあれば着けるでしょう。待っていてください」

狭間はそういうと電話を切った。

人に聞かれるのを恐れているようだったが、声の感じは温厚そうであった。

狭間のほうから丸の内がいいというのは、どういうことなのだろうか。

松波興産の近くでは人目につくからだろうか。

そうだとすれば、松波と利害が対立しているのかもしれない。

3

狭間は茶色のスーツに身をつつんだ恰幅のいい紳士であった。

歳は五十七、八だろうか。

智乃が一人ではなく、宮之原が一緒だと知ると、ちょっとたじろいだような表情になったが、

「ま、とにかく落ち着きましょう」

ビルの奥の喫茶店へ案内した。

狭くて暗い喫茶店だった。ビジネスマンで混み合っていたが、奥まった席に坐ると、狭間は名刺を差し出した。

名刺には、松波興産常務取締役　美術部長と肩書きが刷られていた。

「わたしは松波興産の生《は》え抜きではないのです。十年ほどまえまでは南青山で骨董品を扱う店をやっていたのですが、佐久間専一郎さんの縁で、会長の松波と知り合い、美術担当でスカウトされたのです。ご承知だと思いますが、松波は奈良県の山奥にリゾート村をつくっております。そこには美術館を建て、内外の名画を展示する予定で、話題になったピカソの傑作をはじめ、二億から五億程度の小品を、それこそ山のように買い集めておりま す。その買いつけをわたしが任されたわけで、松波会長の意図はともかく、日本にいい絵を輸入することは長い目でみた場合、必ずよい結果となる。そう考えて松波の傘下《さんか》に加わったのです」

狭間は弁解するようにいった。

いわれてみると、うなずけなくもなかった。

闇金融の会社には不釣合いな、腰の低さは骨董品店の主人という感じがする。着ているものや押し出しの立派さは画廊の主《あるじ》のムードでもあった。

「では、川添久美子さんのお母さんとも、知り合いだったのですね」

宮之原がたずね、

「はい。佳織さんには随分、お世話になりました」

「具体的にいうと、佐久間専一郎や川添佳織に、たくさんの骨董品を買ってもらった。こういうことですね」

「佐久間専一郎さんにも、佳織さんにも、信用していただいておりました。ことに佳織さんが亡くなられるとき、若い久美子さんが一人で生きていかなければならないことを心配して、わたしにあとを託していかれたのでした」

「その久美子が姿を消してしまったのです」

智乃は黙って聞いていることができなかった。

一刻もはやく久美子の安否《あんぴ》を知りたい。その一念でいった。

「昨日、日商物産の人事課から連絡がありました。それに佐久間涼男くんも会社に出て来ない。一体、何があったのです?」

狭間は心配そうにたずねた。

智乃はかいつまんで久美子が春日大社の万燈籠の夜、姿を消したことと、そのあとで佐久間涼男が久美子のマンションを買い、それをさらに松波光治に売っていたことを話した。

狭間の顔色が変わった。

狭間はしばらくのあいだ、声もでない様子だったが、おおきく溜め息をついた。

「何か思いあたることがあるのですか」

宮之原がたずねた。

「いえ……」

狭間はハッと我に返り、

「久美子さんは純粋すぎるといいますか、若い正義感をお持ちでして……。涼男くんを差しおいて、専一郎さんの財産を独占したことに罪悪感をお持ちでしたので……」

重い口調でいった。

宮之原はうなずき、

「それで、伺うのだが、佐久間専一郎さんと川添佳織さんとは、どういう関係だったのです？」

と、たずねた。

「東京における奥様のような関係でした」

狭間は率直にこたえた。

「知り合ったのはいつごろです?」

「いまから、二十五、六年まえでしょうか。いや、久美子さんが生まれたのは、佐久間さんと知り合って五年ほど経ってからでしたから、もう三十年ちかく経ちます」

智乃は胸のなかで指をくった。

佐久間専一郎は昭和五十年に七十一歳で亡くなった。久美子の母の佳織は四年まえの昭和六十一年に亡くなったとき、五十三歳だった。

久美子は智乃とおなじ昭和四十一年生まれだから、その五年まえ、佐久間専一郎は五十七歳であり、佳織は二十八歳だったことになる。

五十七歳の男と二十八歳の女が夫婦のような関係だったというのは、智乃の理解を超えていた。

いや、そんな例は世の中にいくらでもあるだろう。

だが、身近な久美子の母が三十歳ちかく歳の違った男性の〝東京夫人〟だったことは、やはりショックであった。

「すると、久美子さんのお父さんは、佐久間専一郎さんなのですか」

「は、はい。そうでございます」

宮之原がたずねたのへ、狭間はちょっとためらったのち、不自然なほど、つよくうなずいて答えた。

「佳織さんはクラブのホステスか何かをしていたのですか」

「新橋の芸者でした。いまは赤坂にとってかわられましたが、当時はまだ新橋がよかったころで、佳織さんは新橋最後の名妓《めいぎ》といわれたものでございます。美人だったのはもちろんですが、芸事にすぐれ、趣味の洗練なさった方でございました。佐久間さんは一目惚れなさって、代官山の、いまマンションになっておりますところに家をお買いになり、佳織さんを落籍《らくせき》なさったのでございます」

「その佳織さんの趣味がお茶だったのですか」

「はい。佳織さんはお茶の教授の免状をお持ちでした。新橋をおやめになったのをしおに、自宅でお弟子さんに教えるようになったのですが、佐久間さんはそれはもう目に入れても痛くないという可愛がりようで、佳織さんに手を引かれる恰好で、お茶の世界に入っていかれるようになったのです」

「ずいぶん大勢の道具屋が出入りしたらしいですね」

「はい。佳織さんは目が高かったのですが、佐久間さんのほうはさっぱりでございました」

「佐久間専一郎は茶道楽で左前になったのですか」

「それもあったと思います。ですが、佐久間さんがああいうことになりましたのは、やはり松波会長のせいではないでしょうか」

智乃は胸のなかでうなずいた。

智乃もそう感じていた。

「わかりました。それで、佐久間涼男だが、これはどうして松波興産に勤めるようになったのです？」

「それは、わたしが会長にお願いしたのです。奈良から上京して来たものの、パートやアルバイトのような仕事しかなくて、困っておられるのをみていることができなかったもので……」

「久美子さんは佐久間とつきあっていたのですか」

「いや、つきあってはいなかったはずです」

「しかし、マンションを佐久間に売ったのですよ」

「ですから、それは久美子さんから、まえに相談を受けたことがあります。佳織さんが亡くなった直後ですが、あのマンションはもともと、佐久間からもらったものだ、母は母、わたしはわたしだ。佐久間に返したいというのです」

「人間は誰しも若いときは欲がないからね」

宮之原はあっさりといったが、横で聞いている智乃は複雑な気持ちであった。

久美子はマンションにも三十六歌仙絵巻を始めとする美術品にも、まったく執着していなかった。

すごく高いものらしいのよ、といってはいたが、実感を持っていなかったことはたしかだ。

年に一度、虫干しをするためだけの面倒な古い品物だった。

と同時に、マンションも美術品も、久美子にとって忌《い》まわしい存在だったのではないだろうか。

久美子は父親についてあまり語りたがらなかった。

桜井か大和高田の大名の家老の家柄だといったが、それも智乃にたずねられて重い口を開いたようなものであった。

佐久間専一郎が亡くなったのは、久美子が九歳のときだ。

子供のころの久美子の脳裏《のうり》に焼きついていたのは、ときおりやって来るお祖父さんのような男だったのではないか。

その佐久間専一郎を父親だと思いたくなかった。だから、母親から聞かされた佐久間の実の姿を語るのを嫌い、大名の家老の家柄と思うことで、自分の出生を美化したかったのではないだろうか。

「そうなのです。そのうえ、久美子さんが一人で暮らすのには広すぎました。佳織さんはそれを心配していたのです。わたしが死んだあと、きっと、そういいだすだろう。あとになって後悔しても始まらないことですから、久美子さんにそんなことをさせないように、と……」

狭間は運ばれて来た飲み物に口をつけようともせず、声をつまらせていった。

「久美子さんが佐久間にただ同然でくれてやったのは、そのとおりだとしよう。佐久間はそれをどうして、松波に売ったのです」

「それなのですが、わたしはどうも納得がいきません。佐久間くんは久美子さんと違って、父親の晩年の悲惨な姿を見ています。ですから、あのマンションにしろ、佳織さんのコレクションにしろ、ある程度の価値は分かっていたはずです。それを一切合切《いっさいがっさい》ひっくるめて一億円で売るなどということはわたしには考えられないのですが……」

狭間は深刻な顔つきで、宮之原をみつめた。

「佐久間涼男には恋人がいましたか」

宮之原は話題を変えた。

「恋人といえるかどうか分かりませんが、この半年あまり、夢中になっていた女性はいたようです」

「この半年あまり、金まわりもよかったそうだ。そんな収入があったのですか」

「………………」

狭間はテーブルへ目を落とした。

そして、顔をあげると、

「会長から出たのではないですか。いまになってみると、佐久間くんを松波興産へ入れたのは失敗だったと思います。会長は佳織さんのコレクションの価値を誰よりも知っておりました。世間の人の目はマンションへ行くでしょうが、コレクションはどう安くみても、マンションの十倍や二十倍ではききません。あれを手に入れるためなら、三百万や五百万の金は黙って貸したとしても、不思議はありません。先代の佐久間さんに金を融通《ゆうずう》して、その担保に山をそっくり取り上げたのとおなじように、貸すだけ貸して、何百倍にもして取り上げるのは得意中の得意ですから……」

訴えるようにいった。

「まず、佐久間の女性をうかがおう。どこの誰です？」

宮之原は狭間の言葉をさえぎるようにたずねた。

「銀座八丁目に『せりざわ』というクラブがあります。そこのホステスに熱をあげておりました」

「名前は」

「名前も顔もしりません。そういう噂を聞いただけですので」

「八丁目のどの辺りです?」

「並木通りです。日航《にっこう》ホテルの裏ですから、行けばすぐ分かりますよ」

「じゃあ、その『せりざわ』へ行ってみよう。で、佳織さんのコレクションだが、これはどのくらいの価値があります?」

「大雑把《おおざっぱ》にいって三百億から五百億ではないでしょうか。大都銀行の貸し金庫に預けてあった三十六歌仙絵巻上下巻だけで、五十億はするのではないでしょうか」

智乃は目を見張った。

高価なものだとは思っていたが、五十億円とまでは考えなかった。

古くてうっかり開くと紙がくずれそうな絵巻なのだ。

久美子も扱い方については、母親からくわしく聞かされていて、虫干しするのも秋のよく晴れた日を選んだ。

湿気の多い夏や暖房の必要な冬は保管したまま出さなかった。

「外国のピカソやゴッホの絵はそんな値段が、よくニュースになりますが、日本の絵はあまりニュースになりませんね。何かわけがあるのですか」

「それは日本にオークションという制度がないためです」

狭間はめずらしく即答し、

「まったくないわけではありませんが、欧米のように誰でも参加できるオークションが限られています。そのため、高い値段で取り引きされても公表されません。現に、もう七、八年もまえになりますか、出光《いでみつ》美術館が買った伴大納言絵詞は、三十二億だったそうです。三十六歌仙絵巻はそれより高くて不思議はないと思いますね」

自信をもって断言した。

「そんなに貴重なものですか」

宮之原は半信半疑《はんしんはんぎ》だった。

「三十六歌仙絵巻にもピンからキリまであります。そのなかで最高のものだといわれてきたのが、大正八年に切り売りされた佐竹本ですが、佐竹本が本当に最高のものかどうかは、別問題なのです」

「と、いいますと？……」

宮之原はたずね返した。

「佐竹本といいますのは、秋田二十五万石の藩主、佐竹家に永く秘蔵されていたことからついた名称です。この佐竹本の三十六歌仙絵巻は、書は後京極良経、絵は藤原信実が描いております。ピンからキリまである三十六歌仙絵巻のなかの最高傑作には違いありません。ですが……」

狭間はちょっと息をつぎ、

「美術品というのは、受難がつきものでして、それまでの名家が没落すると売りに出され、成り上がった金持ちが買う。このくり返しですよ。いま現在、欧米の名画が五十億、七十億といった値段で日本へ入ってくるのは、日本が成り金になっている証明のようなものです。明治の初めに日本古来の神さまを大切にしよう、寺や城は壊《こわ》せという時代がありまして、そのとき奈良の興福寺《こうふくじ》などは、ひどい目にあったものです。天理市にあった永《えい》久寺《きゅうじ》なんか、寺ごとそっくり壊されてしまったのですよ。いえ、ちいさな寺ではありません。比叡山《ひえいざん》の延暦寺《えんりやくじ》とか、上野《うえの》の寛永寺《かんえいじ》のように、年号を寺名にするのは、ときの権力者でないとできません。当然、そういう寺は格が高くて、それにふさわしい寺宝を持っているものです。永久寺も平安時代の末、永久二年に鳥羽天皇の勅願《ちょくがん》によって建てられた大寺院なのですが、明治四年にうちこわされ、いまは荒れた古池が残るだけです」

明治の初めのうちこわしで、数多くの寺や城がこわされ、多くの仏像、美術品などが二束三文で売り払われ、海外へ流出して行ったことを語った。

「それが三十六歌仙絵巻と関係あるのですか」

「そういうことをご理解いただいたうえで、三十六歌仙絵巻の話を聞いていただきたいのです……」

狭間はそういうと姿勢を正した。

佳織や久美子のことを話したときと違って、狭間の目は生きいきと輝いていた。自分の仕事に関係したことになると、からだのなかの血が沸《わ》きたってくるのだろう。目だけでなくからだ全体から精気がたちのぼるようであった。

4

「明治維新ののち、かつての支配階級だった旧大名家や公家などは、没落して行きましたね。そうした名家は生活のため、所蔵の美術品を三点、五点とこっそり売っていたのですが、世間への聞こえを気にして、おおっぴらに売ることをしなかったのです。ところが、大正五年、仙台の伊達《だて》家が所蔵品を大売り立て、いまでいうオークションで一挙に売り出したのです。これが大変な評判になりまして、旧大名家が次々と売り立てを開くことになっていったのです。佐竹家の売り立てもそうした時代を背景にして、大正六年に東京両《りょう》国《ごく》の東京美術倶楽部で行われたのですが……」

出品された名器、名品はざっと三百点。

正午に始まった入札が、二時から開かれ、午後五時になって一万円を超える大物が登場してきた。

「狩野元信《かのうもとのぶ》の花鳥の屏風が一万三千円、雪舟《せっしゅう》の山水の屏風が四万六千円、雪村《せっそん》の山水が五万二千円、尾形光琳《おがたこうりん》の三十六歌仙が六万六千円。そして最後に開かれた藤原信実の三十六歌仙が、三十五万三千円だったのです」

「…………!」

智乃は目を見張った。

狩野元信も雪舟、雪村、尾形光琳もよく知られている。その有名な画家よりも、文字どおり桁《けた》違いの値段で落札されたというのだ。

「藤原信実というのは、そんなすごい画家だったのですか」

宮之原がたずねた。

「画家を職業にしたわけではありません。お公家さんだったのです。わかりやすくいいますと、小倉百人一首を選んだ藤原定家《さだいえ》の甥《おい》にあたります。ですが似絵、つまりいまの肖像画ですが、その名手で画聖とまでいわれ、信実の描いた後鳥羽上皇の肖像画は、現在、大阪の水無瀬《みなせ》神宮にあり、国宝に指定されております」

「ほう……」

「で、問題の三十六歌仙絵巻ですが『古今画抄《こきんがしょう》』という記録に、正副二幅の絵巻を京都・下鴨《しもがも》神社に奉納したと記されております。藤原信実が奉納したのは鎌倉時代の初めころですが、それから六百年ほど経って、『考古画譜《こうこがふ》』という書物では下鴨神社の神庫に上下二巻あり、巻頭の住吉大明神だけが風景画で、その光景が古風でめずらしいため模写したと書かれ、模写した絵を載せております。その『考古画譜』の絵と佐竹家所蔵の絵がぴったり一致しておりますので、下鴨神社の神庫から流出して、何人かの手を経たのち、佐竹家に収まったのだと考えられているのですが……」

「だけど、藤原信実が奉納したのは正副二幅だったのでしょう。すると、佐竹本のほかのもう一幅はどこへ行ったのですの」

智乃がたずねた。

「結論からもうしますと、わたしは、佳織さんから久美子さんへ引き継がれた三十六歌仙絵巻が、それだと信じています」

「そんな！」

智乃は息を飲んだ。

大正八年に切り売りされた三十六歌仙の三十一点が重要文化財に指定されている。

その元本が、切り離されずにむかしのまま残っている。

もし、そうだとしたら、国宝どころの騒ぎではなかった。

「………！」

狭間は呆然としている智乃をみつめ、

「そうなのですよ」

胸をそびやかし、

「ただ、三十六歌仙絵巻に限ったことではないのですが、ああいう美術品というのは、どれが真実のもので、どれが贋のものか、鑑定しにくいのですよ。切り売りされた三十六歌仙絵巻にしても、佐竹家から出たから由緒正しいとされただけのことです。下鴨神社の神庫にあったものと同一かどうかは、神さま以外に知ることはできません。久美子さんがお持ちの三十六歌仙絵巻についてもおなじことがいえます」

そういって長い説明を結んだ。

「川添佳織はそれを承知していたのですね」

宮之原がたずねた。

「もちろんです」

「久美子さんは?」

「久美子さんもご存じです。佳織さんは三十六歌仙絵巻に添えて、佐竹本が切り売りされたことを報じた新聞のコピーを入れていたはずです。久美子さんがあの絵巻の価値に疑問を持つことを恐れて、下鴨神社に奉納された正副の一方が、このとおり、大変なものだと久美子さんに覚《さと》らせるためです」

「しかし、それほどの宝ものを、十九か二十歳の娘に残すのなら、もっとしっかりした管理方法があったのじゃないですか」

「ですから、わたしが頼まれたのですよ。久美子さんが大学を卒業して、社会へ出るまでは久美子さんの判断で処分してはいけない、と。マンションのような不動産は権利書を預かることができます。しかし、美術品は預かるわけにはまいりません。預かっているあいだにどんな事故があるかもしれない。わたしにできることはアドバイスだけだったのです」

「それだけに、信頼できる弁護士を紹介するとか、公正な第三者に管理をまかせるのが、あなたのとる態度であり、責任でもあったと思うのだが、どうです?」

「いや、それは不可能です」

「どうしてです？」

「マンションだけなら、それも可能でしょう。ですが、佳織さんの遺産の中心は美術品でした。あれをすべて明るみに出して、相続税がかかってくるケースを考えてご覧なさい。それこそ、根こそぎ税金で持っていかれたでしょうね」

狭間はとんでもないことだというように、顔のまえで手を振った。

「松波光治はそうした事情を知っていたのですか」

「細かいことはともかく、おおよそのことは知っていたと思います。松波も佳織さんの屋敷や、屋敷が等価交換でマンションになってからも、よく出入りしておりました。第一、松波が金融から建設、さらには美術関係と手をひろげていったのは、佐久間さんや佳織さんをそばでみていて、面白さと怖さを知ったからです」

「面白さと怖さというと？」

「わたしはたったいま、三十六歌仙絵巻を五十億だといいましたね。ですが、仮に久美子さんが、日本橋なり南青山の骨董品屋へあれを持ち込んだとしましょう。つく値は二十万か、三十万だと思いますね。東京美術倶楽部に鑑定を依頼して、藤原信実筆に間違いないとなった途端に十億の値に跳ね上がるのです。さらに、切り売りされた佐竹本三十六歌仙絵巻と正副一対のものだとなると、それがさらに五十億になるのです。これは日本の古美術も、海外の洋画もおなじ理屈でして、絵や書、茶碗や花入れなどの焼き物、すべて、鑑定と人気しだいで面白いように値があがる。ですから、松波は奈良県の山のなかにリゾート村をつくるのに当たって、美術館を建てることを思いついたのです。七十億円でピカソの絵を買ったのも、それを客寄せの目玉にして、美術館に信用をつけたのです。信用さえ獲得すれば、絵の値段などどつけ放題のようなものですから……」

「でも、最近、テレビでお宝を鑑定する番組がはじまったじゃないですか。あの番組に鑑定を依頼したら、真物か贋物かわかるんじゃないですか」

智乃はたずねた。

「いや。テレビ局が断るんじゃないですか」

狭間は言下にこたえた。

「どうしてです？」

「テレビにでている鑑定人は、一応、鑑定眼があると信じられていますが、彼らだって人間です。ひと睨みしただけで、真贋をみ抜くことはできません。テレビをみていると、スタジオにしろ出張した文化会館にしろ、その場でみて、鑑定しているようにみえますが、じつは数日まえに提出させて、じっくりと手順を踏んで、真物かどうか調査しているのです。久美子さんが持っている三十六歌仙の真贋を鑑定するとなると、佐竹本と比較することになるでしょうが、そっくりのはずです。いや、佐竹本を模写したというんじゃないですよ。おなじ作者が描いたのです。細かいところは違っているでしょうが、違っているところまで、線のタッチ、筆の走り、力強さ、繊細さ、紙の質、絵の具まで、すべてが一致しているでしょう。問題は下鴨神社の神庫をでたあと、どこに眠っていたのか？ どういう経路で佳織さんが所有することになったか？ いわば三十六歌仙絵巻の戸籍調べですが、佳織さんが亡くなったいまとなっては、いつ、誰から買ったか。それさえわからないのではないですか」

「なるほど。よく分かりました」

宮之原は狭間がなおも話そうとするのを手で制した。

それどころか、もう聞くことはないというようにテーブルを立った。

智乃は宮之原がなぜ、質問を打ち切ったのか咄嗟に理解できなかった。

狭間は拍子抜けしたような顔になっていた。

喫茶店を出たところで、智乃がたずねた。

「どうかしたのですか」

「いや、あれ以上話しても、能書きを聞かされるだけでしょう」

「だけど、久美子の親戚とか、どうして姿を消したのかなど、もっと聞くことはあったのじゃないですか」

「遺産を相続できると知ったら、名乗り出てくる親戚はあるでしょう。だが、相談に乗ってもらえるような親戚があったのなら、なにも狭間に保証人を頼むことはなかったのじゃないですかね」

「だったら、久美子がどうして姿を消したのかとか、佐久間涼男が久美子やお母さんのことを、どう思っていたとか……」

「日商物産から連絡があって、初めて久美子さんが失踪したことを知ったといってたじゃないですか。それが本当かどうか、聞いたところで、返ってくる答えは決まっているようなものでしょう」

「じゃあ、いまの狭間が怪しいのですか」

「そこまでは分かりませんよ」

宮之原は苦笑した。

「だけど、久美子のお母さんは、亡くなるとき、狭間さんに久美子のことを頼んでいったのでしょう」

「そう話していたね。現に久美子さんは保証人になってもらっていた。貸し金庫の代理人にも登録してあった。だが、代理人なら佐久間涼男もそうだ。久美子さんが心から信頼していたかどうか。また、狭間のいっていることが事実かどうかは、もうすこし調べたうえで結論を出そう」

宮之原は冷静であった。

5

その夜、八時をすこしまわるのを待って、智乃と宮之原は銀座八丁目のクラブ『せりざわ』を訪ねた。

並木通りはネオンの洪水であった。『せりざわ』は探すほどのこともなかった。

クラブばかりが入ったビルの七階にあった。

エレベーターも廊下も狭くて、その奥の厳《いか》めしい木のドアに『せりざわ』と金文字が嵌め込まれていた。

店もせせまいのかと思ったが、ドアを入った途端、ムードが一変した。

踵まで埋まりそうな絨毯が敷かれ、鉤の手につけられた通路をダウンライトがほのかに照らしている。

マネージャーらしい黒服の男が、入って来た宮之原と智乃を、

「ン？」

というような顔で見つめた。

宮之原は警察手帳をみせた。

黒服はますます不思議そうな顔になり、宮之原と智乃をみくらべた。

「ちょっと聞きたいのだが、ママを呼んでほしい」

宮之原は短くいった。

「どういうご用件で？」

「それはママに会って話す」

黒服は気おされたようにフロアーに入って行き、宮之原はあとを追ってフロアーの入口に立った。

フロアーは意外なほど広かった。

白いグランドピアノが置かれている。時間がはやいせいか、客のいるテーブルは二つだけだったが、奥のテーブルに着飾ったホステスが十人ほどたむろしていた。

黒服は客の相手をしている和服姿の女性の横にひざまずくようにかがんで耳打ちした。

明るいウグイス色の地におおきな蝶々《ちょうちょ》の柄《がら》の着物を着ていた。

女性は立ち上がった。

華やかなものが舞い立ったように思えるほど、女性は輝いてみえた。

すらっとした長身だった。

彫りのふかい顔立ちが、凄味《すごみ》を感じさせるほど美しい。それでいて、どことなく憂いのようなものを漂わせていた。

一緒に戻ってきた黒服が、

「こちらです」

宮之原へ手のひらを向けると、

「芹沢志津代《せりざわしづよ》ですが……」

軽く会釈するように顔を少し傾けた。

「警察庁の宮之原といいます。早速だが、この店を松波興産はよく利用していますか」

宮之原は手短にたずねた。

「いえ、たまにご利用いただく程度ですけど……」

「松波興産の社員で佐久間涼男というのが、よく来ていたそうだね」

「あっ佐久間さん、このところ、おみえになりませんわね」

志津代は黒服に目をやった。

「ええ。先週、一度みえたきりです」

「先週が一度きりなら、普段の週は毎日来ていたのですか」

宮之原は志津代へ目を向けたまま尋ねた。

「そんなに来てた？」

志津代も黒服へ目をやった。

「佐久間さんはヒナちゃんに通っていたのですよ。ヒナちゃんがここんとこ、休んでいるもので……」

「ヒナちゃん？」

宮之原は黒服へ目をやった。

「火奈子《ひなこ》というんです。火曜日の火に奈良の奈の子と書くんです」

「その火奈子さんはいつから休んでいます？」

「先週の初めからですが……」

黒服が答えた。

智乃は息をつめた。

春日大社の万燈籠があったのはその前の土曜日であった。

「歳はいくつでした？」

宮之原はたずねた。

「二十二だったかしら」

「このクラブにはいつから勤めていました？」

「もうそろそろ、一年になるわね」

志津代は黒服と顔を見合わせた。

「その火奈子はこの女性じゃないかね」

宮之原はスーツの内ポケットから、大迫ダムで殺された女性の写真を取り出すと、志津代に突きつけた。

志津代は写真を手に取り、目を落として、胸を衝《つ》かれたような顔になった。

黒服も覗き込み、息を詰めた。

「身長は一六〇だ。中肉中背でスタイルはよかったそうです」

「ヘアスタイルはこのとおりでしたけど……」

志津代は写真から目をそむけた。

「火奈子さんの住所と正確な氏名を聞かせてください」

宮之原は黒服にたずねた。

黒服はポケットから手帳を取り出し、

「保坂《ほさか》火奈子です。住所は四谷《よつや》三丁目でしたが、電話番号は……」

手帳に保坂火奈子の名前と電話番号を書いて、その一枚を破って宮之原に差し出した。

「佐久間涼男が最後に来たのはいつです？」

宮之原は黒服にたずねた。

「先週の金曜でした」

「そうだわ、その日、松波会長もおいでになったのじゃなかった？」

志津代が思い出したようにいった。

「そうでした。佐久間さんがみえて、間もなく会長がおみえになりました。会長はご自分のテーブルへ佐久間さんをお呼びになって、お帰りになるまでご一緒でした……」

黒服が答えた。

「帰るときも一緒だったのですか」

「そうよね」

志津代が黒服に同意を求めた。

「そのとおりでした」

「帰って行ったのは何時ごろです？」

「十一時すこし過ぎだったと思います」

「それでだが、その日、佐久間は保坂火奈子が休んでいることを承知で、やって来たのですか……」

宮之原は角度を変えるようにたずねた。

「さあ……」

黒服は首をひねった。

「保坂火奈子は先週の初めから休んでいたのでしょう？　だから、佐久間はこなかった。金曜日になってやって来た。それはどうしてなんですか」

「さあ……」

黒服は首をかしげた。

「あなたはマネージャーでしょう？　無断で休みっぱなしの保坂火奈子に連絡をとらなかったのですか」

「したのですが、ベルが鳴りっぱなしで、出ないのですよ」

「あなたはどうです？」

宮之原は志津代に顔を向けた。

「マネージャーから、そのことは聞いていましたけど、あの子はそれほどお客さんを持ってるわけじゃありませんし……」

志津代はいちいち気にしておれないという顔でいった。

「この店は高そうだが、佐久間はよく金がつづきましたね」

宮之原は志津代と黒服を等分にみくらべながらいった。

「お客さまのそういうことは……」

黒服が煙ったそうにこたえた。

金がつづかなくなれば来なくなる。そんなことは客の勝手だという表情が露骨に浮かんでいた。

「最初、佐久間は誰につれられて来たのです？」

「会長じゃないかしら」

志津代がいった。

「松波光治ですね」

「たしか、そうだと思うけど……」

「そうですよ。松波興産でうちへみえるのは、会長と狭間さんだけですから。狭間さんは取引関係の客以外は連れてこないですからね」

志津代は黒服と顔をみあわせてうなずきあった。

「ついでに、お二人の住所と名前を伺っておこう。火奈子さんのように書いてください」

宮之原は強引にいい、黒服が手帳を取り出すのを待って、

「奈良県の山奥に大迫というダムがある。そのさらに奥で松波興産がリゾート村を造っています。そのことはご存じですか」

志津代にたずねた。

「お話はうかがっております」

「これもついでに聞いておこう。あなたと松波光治の関係は?」

「ま、いろいろと……」

志津代は目を伏せた。

目を伏せると目鼻立ちのはっきりした彫りの深い顔に憂いが浮かんだ。

ほんのわずかだが左の頬がひきつるようになる。

それが美しさを際立たせることを志津代は意識しているらしい。

宮之原は黒服から二人の住所氏名を書いたメモを受け取ると、だまって会釈《えしやく》をし、外へ出た。

第5章　大台《おおだい》ヶ原《はら》山麓の贋作美術館

1

その翌日、宮之原の要請で保坂火奈子のマンションの検証が行われた。

四谷三丁目の交差点からほど近いマンションであった。建ってから十六、七年は経っているだろう。

灰色の外壁が黒っぽく見えるほど汚れていた。

五階建てでエレベーターもなかった。

火奈子の部屋は四階の角であった。

桐畑刑事が立ち会った。

智乃も久美子のことが心配で、宮之原に同行した。

大迫ダムで殺された女性の指紋が、火奈子のそれと一致すれば、被害者が誰だかわかる。

だからといって、久美子が無事でいる保証は何ひとつないのだが、久美子の遺体が発見されるまでは望みを持つことができる。

火奈子のマンションは賃貸であった。

家主が近くに住んでいて、合鍵を持って来た。

そのため、久美子のマンションのときのような面倒は起きなかったし、指紋は面白いほど採取できた。

冷蔵庫の把手、テレビのスイッチ、ベッドサイドの電話器。浴室と共用のトイレの水洗用の把手。

桐畑はその指紋を持参した指紋原紙と照合した。

指紋はぴったりと一致した。

「お陰さまで、被害者の身元が確認できました」

桐畑は宮之原と共助課長に弾んだ声で礼をいった。

智乃はほっとするものを覚えながら、火奈子のマンションのなかをみまわした。

１ＤＫのどこにでもありそうなマンションであった。

ダイニングキッチンも寝室も六畳ほどの広さで、ダイニングキッチンには食卓と二人分の椅子が、寝室にはベッドと洋服ダンスとドレッサーが置かれているだけだが、キッチンのタイルやベッドの枕元、洋服ダンスなどにところかまわず、キティちゃんのシールが貼られていた。

それでいて、壁に掛かっているカレンダーは、どこかの日本庭園の写真で、一月のままであった。

ベッドの枕元の〝お宮〟といわれるところが本棚代わりになっていて『クラブ経営の秘訣』『若い女性の心を摑む人事管理』といった本が、五、六冊、無造作に積み上げられていた。

「保坂火奈子は岩手県の出身だそうです」

宮之原が近寄って来て告げた。

「一人で東京へ出て来て働いていたのですか」

「そうだろう。希望だけはおおきかったようです」

宮之原はベッドのお宮の本へ目をやった。

『クラブ経営の秘訣』『若い女性の心を摑む人事管理』

「クラブのホステスさんの夢は、自分のお店を持つことだって、週刊誌で読んだことがありますけど……」

智乃はいった。

「そうだろうが、保坂火奈子はあなたと一つしか違わない。あなたがホステスをしていたとして、クラブ経営の秘訣や人事管理の本を読みますか」

宮之原は何気ない顔でたずねた。

「さあ……」

「キティちゃんのシールがベタベタ貼ってある。台所の流し台は錆びついている。冷蔵庫はあるがなかは空っぽのようなものだ。あの戸棚にはインスタントラーメンやレトルト食品がどっさり放り込んである。屑箱は缶コーヒーの空き缶の山だ。客が来ると缶コーヒーをそのまま出したのじゃないかな」

宮之原がそういったのへ桐畑が話しかけた。

「この部屋には筆記用具というのが、みあたりませんが……」

いわれてみればそのとおりであった。

ベッドのお宮の部分にもテレビのうえにもボールペンひとつみあたらなかった。

「そういうものを必要としないシンプルな暮らしをしていたのでしょう」

宮之原がいい、

「は？」

桐畑は真顔《まがお》でたずね返した。

「冗談ですよ」

宮之原はそういい、

「殺したあと家捜しをした者がいたのですよ。変なことを書き残されていると困る。その点、家捜しをする者にとって、この暮らしぶりはありがたかったのじゃないかな」

と、いいたした。

今度は桐畑にも飲み込めたようだ。

寝室には一間《いっけん》の押入れがついていたが、そこには夏物の衣類を詰めたプラスチック製の衣装箱が入っているだけであった。

家捜しをするまでもなく、必要なものはすぐ、目についたのだろう。

メモがあったとしたら、ベッドのお宮か食卓のうえに放り出されてあったに違いない。

あとは『クラブ経営の秘訣』など、本をパラパラとめくってみるだけですんだ。

智乃にもそう読み取ることができた。

「しかし、あの本が異様ですね。漫画本なら似合いますが……」

桐畑が首をひねった。

「家捜しした人物は、なぜ、あの本を処分しなかったのかな」

宮之原がつぶやいた。

「本をですか」

桐畑が宮之原をみつめた。

「こんなシールをベタベタ貼っている女の子が、仮にもクラブ経営の秘訣を勉強していたんだ。いまにも自分の店を持てそうだったのでしょう」

「近々に大金が入るあてがあったということですか」

「そうでもなきゃあ、あんな本を読む気にはならなかったと思うんだがね」

「そうしますと……」

桐畑は表情をこわばらせた。

智乃も弾かれたように宮之原をみつめた。

近々入るあてのあった大金というのは、久美子のマンションや美術品を売りはらってつくるものなのではないか。

そう考えると『クラブ経営の秘訣』が妙に生々しく感じられた。

だが、久美子のマンションや美術品は、そっくり松波の手に入っている。

それらは久美子から佐久間涼男へ譲られ、四日後に松波へ転売されていた。

しかも、大迫ダムで死んだ女性が久美子だという電話が、智乃の会社にかかってきた。

そうした一連の出来事をつなぎ合わせると、保坂火奈子は久美子だと思わせるために殺されたことが確実のように思えるのだ。

では、久美子はどうしたのか。

佐久間はどこへ消えたのか。

智乃は雲のなかをさまよっているような思いでいる。

2

「春日大社で万燈籠があった夜、保坂火奈子が大迫ダムで殺されたことはたしかだね」

宮之原が桐畑にたずねたのは、火奈子のマンションを出て、四谷三丁目の交差点へ引き返す道であった。

「はい。それは間違いありません」

「奈良市と大迫ダムは、どのくらい離れています？」

「ざっと百キロです」

「車なら二時間だね」

「夜ですから二時間あれば充分だと思います」

「春日大社で川添久美子さんが奇妙な消え方をしたのが、夜の八時。保坂火奈子の死亡推定時刻がおなじ夜の十二時。久美子さんも火奈子も佐久間と知り合いだった。二つの事件は関係があると考えていいだろう」

「はい」

桐畑がうなずき、捜査共助課長が、

「わたしのほうも兵隊さんを出さなきゃならん。あそこで打ち合わせをするか」

三丁目の交差点の角に建っている四谷署へ顎をしゃくった。

「こっちにしませんか」

宮之原は四谷署と向かい合っている喫茶店へ目をやった。

「喫茶店?」

共助課長は怪訝そうな顔になったが、

「なるほど、そのほうが肩が凝《こ》らなくていいか」

宮之原へ軽くウインクしてみせた。

智乃はほっとした。警察署で打ち合わせとなると肩が凝るのは智乃であった。

宮之原がそれを察して、喫茶店にしようといってくれたのが分かったし、宮之原の意中を察し取った共助課長が、智乃へ視線を向けなかったことも嬉しかった。

二人の中年男性の気配りが、いまの智乃にはひどく暖かいものに思えたのだ。

課長は捜査専用車を運転している警官に、四谷署で待っているようにと告げ、喫茶店に落ち着くと、

「さっき家捜しをした者がいるとか話していたようだが、家捜しをしそうな人物の心当たりがあるのだろうね」

宮之原にたずねた。

「久美子さんが失踪したあと、代官山のマンションが佐久間、松波と転売されている。そのうえ、保坂火奈子が働いていたクラブのママは、松波と関係があるようだ。それと、もう一人、松波興産の常務取締役の狭間弘幸という男が、久美子さんの後見人のような立場だった」

宮之原はそうこたえた。

智乃にも桐畑にも丁寧な言葉をつかう宮之原だが、共助課長にはくだけた言葉遣いをした。よほど親しいのだろう。

「じゃあ、その三人を当たるとして、肝心のマンションの持ち主だった川添久美子が被害に遭ったのなら分かる。だが、佐久間の恋人だった保坂火奈子が殺されたのはなぜなのか

ね」

「それが分かれば、この事件は解決するよ」

宮之原は苦笑し、

「いまの段階での推測だが、犯人の狙いは佐久間涼男だったのではないかな。これは狭間弘幸から聞いただけで、裏を取ってないんだが、久美子さんが母親から受け継いだ遺産は、佐久間涼男の父親から出たもので、久美子さんはそのことを苦にして、佐久間に返したいといっていたそうだ」

「マンションは佐久間涼男をとおり越して、松波興産の会長の手にはいっていたね」

「それなんだが、佐久間は先週の金曜の夜、銀座のクラブへ顔を出したのを最後に、所在がつかめない。たまたま来ていた松波と一緒に、十一時すこしすぎにクラブを出て行ったというのだが、竹の塚のアパートを開けてみたらどうかな」

宮之原は気軽にいった。

「いいだろう」

共助課長も気楽にうなずいた。

佐久間のアパートは賃貸なので、大家の了解さえとればよいと判断したのだろう。

「自分は保坂火奈子のマンションを中心に聞き込みをいたします。そのあと、クラブ『せりざわ』のママの芹沢志津代に会って、火奈子のことをくわしく聞きたいと思いますが……」

桐畑が了解を得るようにいった。

「それは遠慮なくやってください。いまのところは吉野川署の事件だ。こちらとしてもできるだけのバックアップをします」

共助課長は笑顔で答えた。

「では、お言葉に甘えまして、若い刑事さんを一人お貸し願えますか。どうも東京の地理にうといもので……」

桐畑は遠慮がちにいった。

「承知しました」

共助課長は快諾した。

吉野川署の事件とはいうものの、事件の関係者は全員、東京に住んでいる。

吉野川署なり奈良県警なりから、応援の刑事が来るとしても、地理不案内な東京での聞き込みは、何かと困難がつきまとうだろう。

共助課長は全面的にバックアップする決意でいるらしい。

ただ、事態がそこまではっきりしてくると、智乃の不安はひとしお深くなってくるのだ。

「警部さん、久美子は殺されたのでしょうか」

智乃はすがるような眼差《まなざ》しを宮之原へ向けた。

「それなのだがね。わたしは久美子さんの消え方の不自然さに引っ掛かるのだよ。保坂火奈子と佐久間の事件は桐畑さんと課長に任せて、わたしたちは久美子さんを捜しに行くことにしませんか」

「捜しに行ってくださるんですか」

智乃ははじかれたように宮之原をみつめた。

共助課長と桐畑が、半ば呆気《あっけ》にとられたように、宮之原と智乃をみくらべている。おなじ呆れ顔でも共助課長のほうは、目が和《なご》んでいたし、桐畑のほうは信じられないという顔であった。

宮之原の実績を知っている課長と、知らない桐畑の差が顔にあらわだった。

智乃は信じるも信じないもなかった。

久美子のことを気にかけてくれるだけで涙が出そうなほど嬉しい。

まして、捜すというのだから、宮之原は久美子が生きていると考えているのだ。

「いつものことだから、わたしは驚かないが、あんた、もう犯人のあてがついたのかね」

共助課長が宮之原にたずねた。

「まさか。わたしは千里眼じゃないんだから……」

「どうして、久美子さんが生きているとわかるのかね」

「推論だがね……」

宮之原はそう断り、

「春日大社の万燈籠の日、佐久間涼男は奈良公園にいた。むかし働いていた鹿苑へ立ち寄ったのでしたね」

桐畑にたずねた。

「そのとおりです」

「だとすると、保坂火奈子も一緒だった。鹿苑の管理事務所へ顔を出したのは、佐久間ひとりだったが、保坂火奈子は、近くで待っていたと考えていいでしょう」

「はい。外に誰かを待たせているようだったと事務所の者はいっております」

「佐久間は鹿につかう麻酔銃を持ちだしはしなかった。だが、保坂火奈子の尻に麻酔銃でうたれた跡があったのだから、佐久間は自分の麻酔銃を持っていたことになる……」

宮之原はそういうと、ちょっと間をおき、

「春日大社の若宮につうじるお間道《あいみち》で、あなたは空気銃の発砲音のような音を聞いた。久美子さんはそれに撃たれた振りをして、森へはしり込んで行った。ということは、佐久間とのあいだで打ち合わせがあったのじゃないですか」

「久美子が、ですか」

智乃はそんな、という思いで宮之原をみつめた。

久美子が佐久間と打ち合わせをしていた。

そのうえで智乃を万燈籠に誘った。

あれは、万燈籠を餌にして、智乃を事件に立ち会わせたのか。

まさかとは思うが、いわれてみると、そう思えなくもなかった。

久美子はお尻をおさえて飛びあがったとき、

〈あいつだわ!〉

暗い森をみつめて叫んだ。

あいつ、とは誰のことか。

佐久間涼男と打ち合わせがしてあったと考えると辻褄《つじつま》が合う。

「森のなかには佐久間だけでなく、保坂火奈子もいた。そう考えていいでしょう」

「ですけど……」

智乃は宮之原をみつめた。

そう考えるほうが自然であった。

だが、久美子が佐久間と打ち合わせたうえで、春日若宮の森へはしり込んで行ったとして、火奈子がいることを知らされていたのか。

佐久間ひとりならともかく、火奈子と一緒だとしたら、打ち合わせというよりは、罠だったのではないか。

久美子は罠に落ちた。

にもかかわらず、殺されたのが火奈子なのはどうしてなのか。

そして、久美子はどこへ消えたのか。

智乃には理解できないことばかりであった。

3

その日、事件はさらに急展開した。

共助課長が竹の塚警察署に要請し、佐久間のアパートを検証したところ、佐久間涼男が首を絞められて死んでいたのだ。

佐久間はベッドにうつ伏せに寝た恰好で、首に派手なネクタイが引っ掛かっていた。

異様だったのは、ベッドの横に剝き出しの百万円の札束が百個、積み上げられていたことであった。

「死後、六日から七日経っております」

鑑識係が共助課長に告げた。

夏なら腐敗して、隣り近所が騒ぎだすところだが、一年でもっとも寒い二月だったため、腐敗するところまでいってなかったのだ。

「佐久間涼男が最後に姿をみせたのは、先週の金曜日の夜、銀座のクラブだそうだ。たぶん、その夜おそくに殺されたのだろう」

共助課長は検証に来た竹の塚署の刑事課長に告げた。

刑事課長の横には警視庁捜査一課の警部も立ち会っている。

その警部が主任捜査官になり、佐久間の殺人事件の捜査をすることになる。

共助課長はつづけていった。

「この事件は奈良県の大迫ダムで起きた殺人事件の関連で浮かびあがったものだ。奈良県警は捜査を始めている。それだけではない。警察庁の宮之原警部もすでに捜査に当たっている。警視庁の刑事が束になって掛かって、宮之原警部個人に負けたとあっては、警視庁の名折れだ。これまでの捜査経過は、すべて公表するから頑張っていただきたい」

と、焚《た》きつけることも忘れなかった。

もっとも、これは共助課長が宮之原を裏切ったわけではない。

宮之原の要請でもあった。

宮之原は個人捜査が専門だから、人海戦術的な聞き込みをしてまわることができない。聞き込みとかアリバイの確認といったことは、警視庁捜査一課や所轄署の刑事にまかせ、宮之原は事件の全体像をつかみ、そこから逆に犯人を割り出す捜査しかできない。

竹の塚警察署に捜査本部が置かれ、捜査が開始されたころ、宮之原と智乃のふたりは銀座の松波興産を訪れていた。

再度、松波と会うためであった。

松波は先週の金曜日の夜、銀座のクラブ『せりざわ』を佐久間と一緒にでた。

それを最後に佐久間は姿を消した。

『せりざわ』をでたあと、佐久間とどこで別れたのか。

それを問い詰めるためであった。

宮之原と智乃を迎えた受付嬢は、ツンとした鼻を突きあげるように、

「会長でしたら、出張しておりますよ」

小気味よさそうにいった。

整形をした美人顔に意地のわるさがにじみでていた。

「どちらへ？」

宮之原がたずね、

「いま、うちの会社は奈良県の山奥にリゾート村をつくっております。そこへ行っております」

受付嬢がこたえた。

「そこの電話番号は？」

「〇七四六の……」

受付嬢は番号を告げ、

「でも、でかけたのがお昼すこしまえですから、まだ着いてないと思いますよ」

皮肉な笑みを浮かべた。

「わかった」

宮之原はかるく会釈をして、松波興産をでた。

「逃げたのですか」

智乃はたずねた。

「いや……」

宮之原は首を横に振り、

「逃げたのではなく、警察とマスコミの波状攻撃を避けたのじゃないかな。静かなところで話そう。松波はわたしにそう呼びかけているように思う」

と、いった。

「すると、警部さんはこれからリゾート村へ行かれるんですか」

「もちろんです」

「わたしもご一緒させてください」

「させてくださいどころか、ついてきてもらわないと話にならないのですよ」

宮之原はいい、腕時計に目を落とすと、

「いまからだとリゾート村へ着くのが深夜になりますね。そのまえに川添久美子さんの失踪した現場をみておきましょう」

と、いった。

時刻は午後一時になるところであった。

新幹線で京都に着くのが四時すこしまえ。

近鉄の特急に乗りかえて、奈良着が五時前後。

なんとか陽のあるうちに、春日大社へ着くことができそうであった。

新幹線の座席に落ち着くと、

「久美子が撃たれた麻酔銃って、遠くから撃っても当たるものなのですか」

智乃はたずねた。

「いまの麻酔銃はかなりの性能ですが、それはライフルのほうで、拳銃型のほうは射程三メートルというから、顔がみえるちかさでないと命中しません」

宮之原はこたえた。

「じゃあ、やっぱり、あれは久美子の演技だったのかしら……」

智乃はいった。

相手は森のなかから撃った。

撃ったかどうかはっきりしないが、空気銃のようなプシュという音は、二十メートルあまり離れたところでしたと思う。

「命中度もそうだが、麻酔銃で撃たれて走り出すというのもおかしいですね」

「それは桐畑刑事さんも仰っていました」

「もうひとつ、麻酔銃を使うと証拠が残るのです」

「証拠?」

「麻酔銃というのは、注射器を発射すると考えればいい。医者が使うようなガラスの注射器でなく、アルミ製です。針もついていて、当たった衝撃で薬が注入されるようになっている。当然、その注射器の部分が現場に残るわけだ。久美子さんが痛いと叫んで飛びあがった場所に、アルミ製の注射器が落ちていたはずなのです」

「そうなんですか」

智乃は目をみはった。

「落ちていましたか？」

「わたくし、気がつかなかったけど……」

「咄嗟のことだから、気がつかなくても不思議はないが、誰かが持って行かないかぎり、問題の石燈籠のちかくに転がっていたはずですね」

「誰かが回収して行ったのかしら」

「いや、それも考えにくいね。もし、誰かが回収したとする。そうなると、万燈籠の夜、春日大社の森に集まっていた事件関係者は二人や三人じゃすまなくなりますよ」

宮之原は保坂火奈子、佐久間、犯人、さらに回収した人物、と数えあげた。

それだけでも四人がいたことになる。

しかも、犯人は佐久間や火奈子と別行動を取らせる必要があった。

そのうえで、麻酔が効きはじめている久美子を、車の置いてあるところまで運ばなければならなかった。

奈良公園の春日大社付近は普段でも一般の車の通行、進入は禁止されている。

まして、あの夜は万燈籠で警備が厳重であった。

久美子が走り込んだ森から、車を駐車させておくことができる場所まで、どう考えても五百メートルや六百メートル、歩かねばならない。

それも、久美子を担《かつ》いでのことであった。

「わたしは久美子さんの消え方が不自然だと思う。久美子さんは何らかの意図で、麻酔銃で撃たれたふりをしたんじゃないですか」

「それはわたしも考えたんですが、久美子、なんのためにそんな人騒がせなことをしたのかしら……」

智乃は首をかしげた。

久美子が気まぐれで、智乃を置きざりにして消えるわけがないと思うのだ。

しかも、万燈籠の夜から、すでに二週間がすぎている。

気まぐれにしては日にちが経ちすぎているのではないか。

久美子はやはり無事でいるわけがない。

智乃にはそうとしか思えなかった。

4

近鉄奈良駅からタクシーで、春日大社表参道へ直行した。

一の鳥居でタクシーを降りた。

大仏殿から真っ直ぐ南へ抜ける通りと春日大社の参道が交差するところで、車がはいれるのはここまでであった。

大仏殿の屋根の鴟尾《しび》が西日を浴びて金色に輝いているが、風が吹き荒れていた。

風に香煙の匂いがした。奈良の匂いであった。

東大寺の南大門の辺りには、人がちらほらとみえるが、春日大社の参道は人影がない。

智乃と宮之原は参道を進み、春日大社の南門のまえを右に曲がった。

若宮へのお間道であった。

四角くてごつい感じの燈籠が立ち並んでいる。

日没までにはまだすこし時間があるが、冬の春日大社はお参りする人もすくない。閑散としていた。

「ここです。この燈籠のところで、久美子はこうやって銘をのぞきこんだのですけど

「……」

智乃は杭にとおしてあるロープをくぐって、石燈籠の横へまわった。

その瞬間であった。

ピシッ、という音が智乃の耳を刺した。

おどろいて顔をあげると、宮之原が微笑していた。

「万燈籠の夜、あなたが聞いたのは、いまの音じゃなかったですか」

「そうです。いまの音でした」

「それなら、これですよ」

宮之原はコートのポケットに突っ込んでいた手を抜きだした。

その手にライター用のガスボンベが握られていた。

長さが十センチほどで、直径が三センチほどの細長いボンベであった。

宮之原はボンベのノズルを親指で強く押さえ、ずらすようにはずした。

ピシッというか、プスッというか、圧搾されているガスがはぜる音が森閑《しんかん》とした参道に響いた。

「警部さん、たしかにそんな音でしたけど、どうして分かったんですか」

「これは意外に力がいるんだが、石か木の枝に押しあてて上手くやれば、もっとおおきな音がでるかもしれない」

「だけど、誰があの夜、森のなかでそんな悪戯《いたずら》をしたんです？」

「佐久間だろうね。久美子さんと打ち合わせがしてあった。そうとしか考えられないのだが、いまの音がしたら麻酔銃で撃たれた鹿のように、森のなかへ走り込め、佐久間にそういわれていたのでしょうね」

「何のためにですか」

智乃は息を詰めて宮之原をみつめた。

「それはわからない。だが、佐久間は麻酔銃を扱った経験がある。だから、久美子さんにお尻を押さえて飛び上がれ、痛いと叫んで森にはしり込めといったのだと思う。久美子さんは案外、あなたを驚かすためにしたのかもしれませんね」

「それこそ、何のためですか」

智乃は激しい混乱に襲われながらたずねた。

「久美子さんがなぜ、そうしたのかは、わたしにも理解がつかないが、佐久間のほうには、そうしなければならない事情があった。これも、いまのところは推測なのだが、久美子さんは母親の佳織さんが、佐久間の父親から貢《みつ》いでもらったことを苦にしていたと、狭間弘幸はいったね」

「ええ……」

「狭間弘幸がいったことは、半分ほんとだったんじゃないかと思うのですよ」

「半分？」

「そう。そういう気持ちがあったことはたしからしいという程度に、です。ただ、本当に佐久間にマンションごとそっくり返すとしたら、誰かに相談したはずですね。あなたには母親の恥を話すようなことだから、相談しにくかった。すると、誰に相談したのでしょう？」

「狭間弘幸ですか」

「わたしもそう思う……」

宮之原は石燈籠の横を森のなかへ入った。

ロープで立ち入りを禁じているが、はいり込む人は少なくないらしい。

手の届く枝には、連なるようにおみくじが結んであった。それより低い枝は樹皮が、こそぎとったようになっていた。

鹿が食べるのだろう。

奈良公園の鹿は、観光客のくれる鹿煎餅《せんべい》や菓子で満ち足りていそうだが、観光客のすくない冬のこの時期は、やはり飢えているのだろうか。

鹿の背丈が届く幹や枝は、見事なほど裸にされていた。

「久美子さんが走って行ったのは、この方向ですか」

宮之原は智乃を振り向き、智乃がうなずくのをみて、先へ進んだ。

智乃もあとにつづいた。

この辺りは春日大社の裏山からつづく原生林であった。

杉や竹柏《なぎ》が鬱蒼《うっそう》と繁っていて、夕暮れが近づいたいまは、ちょっと気味が悪いほどであった。

だが、ものの三十メートルほど進むと小径へ出た。

「この辺りで久美子をみうしなったんです」

「左へ行くと〝ささやきの小径〟ですね」

宮之原はそういい、慎重に左右をみまわした。

宮之原の肩の辺りにアセビの枝が垂れ、一輪だけ白い鈴蘭《すずらん》に似た花がほころびていた。

今年は春が早いらしい。あとひと月もすれば、アセビは房のような花をつけるだろう。

そのアセビの森のなかを〝ささやきの小径〟が通じていることは、智乃も知っていた。

小径というよりは遊歩道に整備されていて、アセビの花の咲くころだと、恋人たちの恰好な散歩道になる。

「佐久間は万燈籠の夜、森のなかにひそんでいた。久美子さんとは麻酔銃の音がしたら、森へ走り込む打ち合わせがしてあった。その佐久間の横には、保坂火奈子が付き添っていた」

宮之原は万燈籠の夜の状況を確認するようにいった。

「佐久間が久美子にそうしろといったのは、権利書を取り上げるためですか」

「佐久間はそうだったかもしれない。だが、取り上げられる久美子さんのほうが、そんな話に乗るわけがないね」

「だったら、どうして久美子は佐久間がいると分かっている森のなかへ走り込んだのですか？」

「それがわかれば話は簡単だよ。わたしが久美子さんの立場だったら、そんなおかしな行動はとらない。久美子さんと同い年のあなたのほうが、若い人にありがちなエキセントリックな感情を理解できるのじゃないかな」

宮之原はそういうと、ささやきの小径とは反対の方向へ歩きだした。

春日若宮の参道なのだろうか。砂利を敷いた道に出た。

その道をすこしたどると、舗装道路へ出た。

道路の向かい側は隔夜寺《かくやじ》という小さなお寺だった。白壁の塀で囲まれていた。

寺の門の脇に『空也《くうや》上人旧跡』の石碑が立っていた。

お寺の並びはよく手入れされた庭のあるお屋敷が建ち並んでいた。

「久美子さんから相談を受けたとして、狭間弘幸はどう答えると思います？」

舗装道路を奈良市街のほうへ引き返しながら、宮之原は話し掛けた。

「それは当然、反対したと思います」

「それでも久美子さんの意志が固いと知ったら？」

「狭間さんは佐久間を知っていたのですから、久美子と佐久間を会わせて、二人が納得する解決方法を示すとか……」

「ええ。全然……」

「昨日、会った感じでは、そういうことをしたようにはみえなかったね」

「佳織さんが亡くなるとき、あとを頼まれたといっていた。いってみれば、佳織さんは狭間にあとを託したわけだ。それほど信用されていたにしては、久美子さんの財産を守るための措置《そち》を講じてなかったようですね」

「たしかにそうだわ」

智乃は狭間を思い浮かべながらいった。

恰幅がよく、常識がありそうな男だった。だが、狭間は久美子に弁護士を紹介することもしなかった。

狭間がしたことは、久美子が大学を卒業するまで、マンションの権利書を預かっただけであった。

「狭間は佐久間が保坂火奈子に惚れていたことを知ってましたね」

「ええ……」

宮之原はコートのポケットから缶ピースを取り出した。

一本を抜き取り、唇にくわえた。

立ち止まって火をつけた。

淡い夕闇がただよいはじめていた。

ライターの火が宮之原の顔を浮かびあがらせ、その肩越しに一軒だけポツンと屋敷町のなかに建つ旅館のサインボードが、息づくようにほのかな輝きをみせていた。

ここは車がとおることのできる道であった。

久美子が消えた春日大社のお間道から五百メートルほどあった。

万燈籠の夜、久美子が麻酔銃で撃たれたとしたら、森へ駆け込んで間もなく眠りに落ちたはずだ。

佐久間はその久美子をここまでひっ担いできたのか。

久美子を担いで五百メートル歩く。

佐久間にそんな体力があるとは思えなかった。

「ひとつ考えられるのは、相談を受けた狭間が、佐久間に返すのは無意味だ、佐久間には悪い女がついている。その証拠に佐久間をどこか、旅行へ誘ってみろ、その女もついて来る、ついてくるだけでなく、あなたを殺そうとする、そう久美子さんに知恵をつけたケースです」

宮之原がいった。

「それで久美子に思いとどまらせようとしたのですか」

「そうです。佐久間に返すつもりが、右から左へ女の手に渡るとしたら、いくら久美子さんが気前がよくても躊躇《ちゆうちよ》するでしょう」

たしかに保坂火奈子は久美子のマンションを狙っていた。

マンションを売った金で、自分の店を持とうとしていた。それは火奈子の部屋にあった『クラブ経営の秘訣』などの本が物語っている。

「久美子さんはそれを半分信じた。実際に試してみようとした。春日大社の万燈籠なら、その女も一緒に来るのではないか。ちょうど土、日で銀座のクラブは休みだ。ただ、一人で行くのは不安だった。それであなたを誘った」

「それは考えられます」

智乃はうなずき、

「だから、緊急のときの連絡先を佐久間にしたのかもしれません」

と、いった。

久美子は危険を感じたに違いない。

それでマンションの入居者名簿の連絡先を佐久間に変更した。

「たぶん、そうでしょう」

「だけど、久美子、森のなかで佐久間と会ったのかしら」

智乃は別の疑問をおぼえた。

佐久間は火奈子を同伴していた。

久美子は佐久間の本心をみた。

にもかかわらず、久美子はマンションを佐久間に手離した。一千万円という格安な値段で……。

しかも、万燈籠の夜以来、姿を消したままなのだ。

久美子は何を考え、どこへ消えたのか。

智乃は重い気分で、坂になった道をくだった。

広い道路へ出た。

正面が池であった。

斜め左の高台に奈良ホテルの灯がみえる。

万燈籠の夜、まんじりともせずに久美子の帰りを待った旅館は、奈良ホテルと池をはさんだ対岸であった。

5

その日は奈良公園にちかい春日《かすが》ホテルに泊まり、翌朝、宮之原はレンタカーを借りて、大迫ダムの奥にあるリゾート村へ向かった。

大迫ダムは吉野川署のある大和上市から吉野川に沿って三十キロあまりのぼった山の奥だと聞いていたが、どうしてと思うほど立派な道路がつづいていた。

片側一・五車線か二車線。

完全舗装された道幅のひろい道路は、白っぽく光っている感じがした。

道路沿いを流れる吉野川がはるか谷底と思えるほど高い山腹をはしっていて、そのため、空がひらけていた。

両側の山には植林された杉の林が、とんがり帽子をかぶったオモチャの兵隊のように並び、風景全体が明るく、近代的な感じであった。

そのひらけた空を風花《かざはな》が舞っていた。

「谷沿いって感じが全然しませんね」

智乃は宮之原に話しかけた。

「下流にもうひとつ、ダムをつくるんでしょう。それを予定して、水没しないところへ道路を付け替えたのですよ」

宮之原がこたえた。

「それにしても、道路が立派すぎるんじゃないですか」

「ダムをつくると、全国どこでも道路が立派になりますね。大量のセメントや鉄材などを、大型ダンプでピストン輸送させなければならない。地元のひとたちも、ダム建設のみ返りに道路をよくしろと要望する……。そんな理由をつけて、予算をとるんでしょうね」

車はトンネルにはいった。

これも立派なトンネルであった。

地図をみると、吉野川が蛇行《だこう》している場所であった。

トンネルを抜けると吉野川はまったくみえなくなった。

ここも次のダムの予定地なのだろう。

宮之原の運転する車は、やがて川上村《かわかみ》の中心集落を通過した。

と、いっても、村役場などは、はるか眼下にみえるだけであった。

次のダムができると、村役場ごと集落は水没するのだろう。

その集落を眼下に、大迫ダムへ通じる道路は〝天空の道〟のようであり、そこを走る車は〝天馬〟のように感じられた。

そこから二十分ほどで大迫ダムであった。

「………！」

ダムが左手正面にみえたとき、智乃は息を飲んだ。

高さ七十・五メートル。堰堤《えんてい》の長さが二百二十二・三メートル。

吉野川は和歌山県にはいって紀ノ川《きのかわ》と名前をかえるが、その紀ノ川本流につくられた最初のダムが、コンクリートの要塞のように、そびえ立っていた。

車はそのダムの堰堤へでた。

堰堤が橋のかわりになり、ダム湖の南側から北側へ移った。

南側の道路をそのまま行けば新伯母峰《しんおばみね》トンネルをとおって熊野のほうへでるし、トンネルの入口で左折すると大台ヶ原《おおだいはら》ドライブウェイ。

大台ヶ原は日本でもっとも雨量の多い山。

年間降雨量、四八〇〇ミリ。

全国の平均雨量が一八〇〇ミリだから三倍ちかいが、その大量の雨を受けとめるのが、大迫ダムであった。

車はダム湖の北岸の道をはしった。

十分ほどで入之波《しおのは》という温泉を通過した。

旅館が二軒と民宿らしい施設が二軒あるだけのさびしい山の湯であった。

旅館の一軒は、道路のしたの断崖にへばりつくように建っていて、赤いトタン屋根の向こうが青いダム湖。

季節は冬だが、東京近郊の湖とはちがって、どこか南国の趣《おもむ》きとカラフルさがあった。

その入之波温泉のすこし先に湖を渡る橋があり、それを渡った。

湖岸沿いに道はつづいていたが、途端に道がせまくなった。

宮之原はかまわずにその道を進んだ。

ダム湖が川に変わる辺りに、ちいさな集落があった。そこからは沢沿いの林道になった。

村役場から大迫ダムにでるまでの近代的なムードは消え、山が山らしく、谷は谷らしい険《けわ》しさをみせるようになった。

陽がかげり、さっきから舞っていた風花が粉雪に変わった。

林道の左右は杉で覆われた山であった。

林道は急な登りになった。

その山の行き詰まりまで登ったと思ったとき、辺りの様相が一変した。

広い台地のような斜面に出た。

その台地の奥に赤レンガ造りのおおきな二階建ての建物がそびえ立っていた。

レンガ造りの建物のまえに、絵に描いたような大和棟《やまとむね》の民家が建っていた。

漆喰の白さを強調した大和棟の民家と、レンガ造りのおおきな建物とは明らかに異質だったが、それなりに調和してなくもなかった。

宮之原は民家のまえに車を停めた。

車から降りて気がついたのだが、林道をはさんだ反対側に山荘風の建物があり、その横がスキーのゲレンデになっていた。

といっても、いま現在は赤土が剝き出しになったスロープでしかない。

スロープに建っているリフトの鉄塔が、ちかい将来、人工雪のスキー場になることを語っているだけであった。

ブルドーザーとクレーン車が何台も工事をしていた。

みたところ山荘風の建物はホテルらしい。

リゾート村と呼ぶには規模がちいさいようだが、それでも雪さえ降ればゲレンデは明日にでも営業できそうになっていた。

宮之原は民家の玄関を開けた。

玄関の土間だけでも優に六畳はあるだろう。式台はケヤキの一枚板でできていて、畳を六枚敷いた部屋に、金屛風が置かれてあった。

割烹着《かつぽうぎ》姿の五十歳くらいの女性が出てきた。

「大将は来てるね。警察庁の宮之原が来たと取り次いでほしい」

宮之原はいった。

割烹着の女性が奥へ引っ込み、入れ替わるように松波があらわれた。

松波は作務衣《さむえ》のうえに、毛皮のチャンチャンコを着ていた。

それが小柄で猫背の松波にはよく似合った。

松波興産の会長室で会ったときとはまるで別人のような好々爺《こうこうや》であった。

「東京からわざわざ来られたのじゃあ、門前払いもできんな。どうぞ、あがりなさい」

松波は先に立ち、奥の部屋へ案内した。

ひろさは十畳ほどだが、天井のふとい梁《はり》が剝きだしであった。襖《ふすま》のなかでは龍と虎が睨み合っていた。

部屋の真ん中に掘り炬燵《ごたつ》があり、松波は襖を背にして炬燵に坐ると、

「遠慮せずに、どうぞ」

宮之原と智乃に炬燵へはいれとすすめた。

宮之原が松波とコーナーになった席に坐り、智乃は松波と向かい合う席になった。

炬燵も部屋もほどよく温まっていた。

「早速ですが、先週の金曜日、銀座のクラブ『せりざわ』へ行きましたね」

と、宮之原はたずねた。

「行ったよ」

松波はうなずいた。

「佐久間涼男が来ていたようですね」

「来ていた」

「佐久間と会ったのは偶然ですか」

「わたしは偶然のつもりだったが、あの日は『せりざわ』のママが電話をかけてきた。ぜひ来てほしいと誘われたのだが、もしかすると、ママに仕組まれたのじゃないか。そう思

わなくもない」

「せりざわのママは、仕組んででもあなたと佐久間を会わせる必要があったのですか」

「結果的にはそうなるでしょう。佐久間はあの日を最後に会社へでて来なくなった。わたしは一億円が手にはいったので、遊んでいるのだと思っていたが、あの夜、わたしと別れたあと、殺されたらしい」

「あなたは佐久間と一緒に帰ったそうですね」

宮之原は踏み込むようにたずねた。

「一緒にクラブをでた。わたしは会社の車を待たせてあったが、その車で佐久間を自宅まで送らせた。わたしはタクシーで帰った」

松波は穏やかな口調でこたえた。

「どうして、佐久間涼男に車を提供したのです？」

「勘だな。なにか悪いことが起きるように感じたのですよ」

「いい勘ですね。そのとおり、悪いことが起きましたよ」

宮之原は何気ない口調でいったが、智乃は息を飲んだ。

はっきりと断定はできないが、佐久間が竹の塚の自宅で殺されたのは、その夜のはずであった。

松波は会社の車で送らせただけでなく、送りとどけたアパートで佐久間を殺す手筈《てはず》をつけていたのではないか。

智乃は反射的にそう思った。

だが、松波は冷静であった。

「そうらしいね。さっきテレビのニュースでみたが、わたしはそうなることを恐れて、佐久間を自宅まで送らせたのだが……」

と、いった。

テレビのニュースが佐久間が殺されたことを報じたらしい。

「どうして、そうなることを予感したのです？」

宮之原がたずねた。

「それはあなた……、川添久美子が行方不明になった。その久美子のマンションを佐久間が譲り受け、わたしに買ってくれといって来た。マンションは佐久間のいい値で買ったが、どこか気配がおかしい。そう思うのは当然じゃないかね」

「勘がはたらくのはわかりますが、せりざわのママは何のために、あなたと佐久間を落ち合うように仕組んだのです？」

「警部さん、佐久間には火奈子という愛人……、愛人なんでしょうな。佐久間を愛してなんかいなかったが、財産を狙っていた。せりざわのホステスです。佐久間に火奈子をけしかけたのはママですよ」

「なんのためです?」

「火奈子はそんな利口《りこう》な女じゃない。どうにでも料理できると踏んだのでしょう」

「いったん、火奈子の所有にさせたうえで取りあげるというのですか」

「そう考えていいでしょう」

「ママや火奈子は久美子さんのマンションや美術品のことを誰から聞いたのです?」

宮之原はたずねた。

「これも勘だが、話したのは狭間だと思う。マンションはともかく、美術品に興味があるのは狭間しかいない」

松波はわかりきったことだという表情でいった。

「狭間さんは久美子さんの保証人のような立場なのじゃないですか」

宮之原がたずね返した。

「そこがすべての間違いのもとなのだが、川添久美子の母親、佳織さんといいますが、この女性が狭間を信じた……。狭間はもともと怪しげな骨董屋でね。佳織のパトロンの佐久間専一郎さんに山のような骨董を売りつけた。専一郎さんは家のなかに専用の収納庫をつくるわ、大都銀行本店の貸金庫に預けるわで、それは大切に所蔵したが、あれは全部、贋物です。贋物を売りつけて専一郎さんの財産を巻きあげた」

松波は断定した。

智乃は胸を衝《つ》かれ、

「三十六歌仙絵巻も贋物ですか」

思わずたずねた。

「もちろんですよ」

「でも、あれ、下鴨神社に奉納された二巻のうちのひとつなんじゃないんですか」

「だから、狭間はむずかしい故事来歴とか、ほんとうにあるのかどうかもわからない記録を持ちだして、専一郎さんを煙にまいたのですよ」

「……………！」

智乃は宮之原をみつめた。

松波のいうことがほんとうなのか、狭間のいったことが事実なのか。

宮之原はどう判断しているのか。

智乃はすがるような思いであった。

「あなたはその贋物を佐久間涼男から買い取りましたね。贋物を買ってどうするのです？」

宮之原は松波にたずねた。

松波は表のほうを指さし、

「レンガ造りのおおきな建物があるでしょう」

と、いった。

「ええ……」

宮之原はうなずいた。

「あれは美術館にする予定です。『贋作美術館』です。出来のいい贋作をあつめて、ここへ来れば〝世界の名画〟をすべてみられる。そういう美術館にしようと考えている」

松波は平然といった。

「贋作美術館なのにピカソだけは真物ですか。七十億円で買ったと聞きましたが……」

宮之原がたずねた。

「ああ。あれはコピーを描かせるために買ったのです。真物はもう売りましたよ。オークションで競った相手に売ったのです。三億円ほど高く売れたから、贋作を描かせる費用もでました」

松波は愉快そうに笑った。

「でも、贋作をみるために、こんな山奥までひとが来ますか」

智乃がたずねた。

「来ますよ」

松波は平然とした態度で、

「太平洋戦争に負けて二年後の一九四七年、東京上野の国立美術館で『泰西《たいせい》名画展』というのが開かれた。読売《よみうり》新聞社の主催で、当時、日本にあった泰西名画をかき集めておこなわれたのですが、連日超満員、三十万人の観客がつめかけた。いまの三十万人じゃないですよ。テレビなんかなかった。ラジオはＮＨＫだけ。民間放送というもの自体がなかった。だから、宣伝なんかする方法がなかった。東京は一面の焼け野原で、食うものもろくになかった。まあ、そんな時代だから、文化に憧れていたといえるかもしれないが、上野の美術館はひとで溢れ返ったのです」

と、いい、

「問題は陳列された絵ですが、ユトリロ、モディリアニ、シャガール、ブラック、ピカソ……、ほとんど全部が贋物だったそうです」

にこりと笑顔をみせた。

「国立美術館の展覧会が贋物だったのですか」

智乃は息を飲んだ。

「ああ。絵画の関係者は『泰西名画展』じゃなくて『最低名画展』だ、『贋作美術展』だと笑ったそうです。ですが、高校にはいったばかりのわたしは、その『贋作美術展』で、絵画というものの魅力を知った。いまでも胸に焼きついているのは、モディリアニの横になった裸婦の絵です。例の細長い顔の女性がソファーに横になっているのですが、それがわたしにはなんとも淫蕩《いんとう》に思えた。なにかみてはいけないものをみたような重くて切ないものが胸に飛び込んで来た……。あれは一種の感動でしょうな。絵というのは、描かれてある形や色だけでなく、作者の魂のようなものまで伝えるらしい。わたしはそう思った。あとで、あれも贋作だったと聞きましたが、贋作だって描き手次第では〝感動〟まで伝えることができるのですよ。わたしのような高校生はもちろん、一般のひとたちが、一般教養として〝名画〟をみておく、〝名画〟に接しておく。そのためなら『贋作美術展』で充分じゃないですか」

と、いった。

6

「で、ここは『贋作美術館』だと公表するのですか」

宮之原がたずねた。

「もちろんです。贋作は贋作だが、贋作にだって松竹梅とランクがある。超特上の贋作を一堂にあつめた特Ａの贋作美術館だ。ここで美術のＡＢＣをマスターしていけ。そういう美術館にするつもりです」

松波は胸を張った。

小柄で猫背なのは変わらないが、確信に満ちていた。

すくなくとも、殺人事件を起こすような男にはみえなかった。

宮之原は話をすすめた。

「二月三日、土曜日ですが、あなたはここに来ていたそうですね」

ズバリとたずねた。

「来ていましたよ。このところ、ここにいる日のほうが多い。東京にはほとんどいませんな」

松波は軽く答えた。

「問題は二月三日の夜です。夜もここにいましたか」

「いや。その夜は春日大社の万燈籠をみに行きましたよ」

松波はさらりといった。

普通の会話だったら聞き逃しただろう。

それほどあっさりといった。

「万燈籠なんかに興味があるのですか」

「そりゃあるよ。贋作とはいえ美術館をつくろうというんだ。わたしは美しいものには敏感なんだ。万燈籠は美しい……」

「あなたが敏感なのは金じゃないですか」

「金は別格だな。イギリスの作家、サマセット・モームはこういっています。『金は第六感のようなものだ。これなくして、ほかの五感は動かない』……」

松波は誇らしげにいった。

智乃はその箴言《しんげん》を父から聞いていた。

父はサマセット・モームのファンで、本棚にはモームの全集が並んでいた。

いまでは忘れられた小説家になってしまったが、父が若かったころ日本は欧米との戦争に敗れ、戦争中、途絶していた欧米の文化が堰をきったように流れ込み、モームがもてはやされた時期があった。

モームを一躍、流行作家にしたのは、ゴッホの友人のゴーギャンのことを書いた『月と六ペンス』で、それが第一次世界大戦の直後だというから、智乃とは世代がちがった。

松波からうえの世代が日本でモームを支えたのだ。

金は第六感のようなものだというのは、視覚も聴覚も味覚も嗅覚も触覚も、人間の感覚はお金をかけて磨《みが》かないと、貧弱なまま成長しない、つまり、ある程度は贅沢が必要だという意味であった。

贋作でもいい、コピーでもいいから、世界の名作のコピーに触れろ。そうしないと芸術に対する感性が磨かれない。

松波はそういいたいのだろう。

「万燈籠の夜、春日大社へ行った。それは金のためじゃないですか」

宮之原がいい、

「金？　万燈籠がどうして？」

松波は眉をしかめた。

「あの夜、川添久美子さんも万燈籠へきていた。佐久間涼男もきていた。銀座のクラブ『せりざわ』のホステス、保坂火奈子もそうだと思う。その三人にくわえて、あなたまでくわわっていたとしたら、久美子さんのマンションが涼男にわたり、涼男からあなたに転売されたことが、大きな意味をもって来ますね」

宮之原はいった。

「どう意味を持つのかね」

「保坂火奈子は久美子さんのマンションを狙っていた。だが、火奈子が久美子さんから取りあげることはできない。久美子さんが佐久間涼男に譲り、それを火奈子が巻きあげる。そういう手順を踏まなければならない。佐久間は火奈子に夢中だったから、そうするつもりだったのでしょう。だが、あなたはそうされると困る……」

「そのとおりだが……」

松波はしばらく考え、

「ほんとうのことを申しましょう。そのとおり、わたしは佐久間が火奈子に首ったけなところを久美子さんにみせたかった。そうしないと、久美子さんはわかい正義感から、マンションを佐久間に譲ってしまう。それをやめさせるため、わたしは佐久間とも久美子さんとも打ち合わせて春日若宮の森へ行った。わたしの目のまえに佐久間とそのホステスがいた。久美子さんがはしり込んで来たこともそのとおりです」

と、いった。

「…………」

「わたしは佐久間を叱りつけた。はしり込んで来た久美子さんともども、こちらへ来なさいと、奈良公園の森から連れだそうとした」

「久美子はどうしたんです？」

　智乃は夢中でたずねた。

　胸が張り裂けそうに軋《きし》んでいる。

「いや、それが、あの闇のなかだ。万燈籠のみえる春日大社のちかくはそれほどでもなかったが、すこし離れると真っ暗だ。佐久間が暴れだし、わたしの手を振り切って、闇のなかへ逃げて行ってしまった」

「久美子もですか」

「ああ……」

　松波は目を伏せた。

「佐久間は麻酔銃を持っていたはずです。拳銃型のものですが、持ってなかったですか」

　宮之原がたずねた。

「持っておりました」

　松波はうなずいた。

「もうひとつ、火奈子がその夜、大迫ダムで殺された。あなたが久美子さんや佐久間たちを森から連れだそうとしたのが八時すこしすぎだった。火奈子が殺されたのはその四時間後の十二時ごろです。万燈籠をみたあと、あなたがここへ帰ってくる途中、火奈子を殺して、奈良方面へ引き返そうとしている車と、すれ違ったはずなのだが……」

宮之原は踏み込むようにたずねた。

「生憎《あいにく》なことに、わたしはその夜、ここへ戻って来なかった。久し振りに生家へ帰ったのです」

「ほう……」

今度は宮之原がうなずいた。

「わたしの生家は大和高田市にある。こことは方向ちがいだ。ちっぽけな家ですが、わたしの妹夫婦が母と一緒に暮らしています。ここへ戻って来ていたら、警部さんのいうように、怪しい車とすれ違ったかもしれん。だが、生憎でした……」

「生家へ戻ったのは何時ごろです?」

「今度は火奈子を殺したアリバイですか。いいでしょう。十一時をまわったころ生家へ戻っていた。住所をお教えしましょう。南本町《みなみほんまち》という。むかし、そこで紡績工場をしておりました。東京オリンピックがあった頃です。不景気でわたしは夜逃げをしたが、妹夫婦が母を抱えて、家だけはなんとか守ってくれましてね。町中ですよ。それに戦争まえから住んでいたからね。隣り近所は親戚づきあいだ。わたしが久し振りに帰ると連絡しておいたので、妹夫婦が家中の明かりをつけて待っておった。それは近所の人が証明してくれると思いますよ」

松波は自信にあふれた顔でいった。

智乃はその松波をみつめた。

久美子に佐久間の本性をみせようとしたのは、狭間ではなくて松波であった。

松波はその意図のもとに久美子を万燈籠へ行かせた。

佐久間と火奈子のデートぶりをみせつけようとした。

そこまではわかるが、〝ささやきの小径〟あたりの闇のなかで松波を振り切った佐久間と久美子はどこへいったのか。

春日若宮の森にひとりのこされた火奈子が、どうして大迫ダムで死体で発見されたのか。

久美子はどこへ消え、火奈子は誰に殺されたのか。

智乃は深い疑問に突き落とされる思いだったが、

「あなたは久美子さんに、佐久間の本性を教えてあげたかったという。だが、現実にはその佐久間も殺され、久美子さんの財産はすべてあなたの手にはいった。春日大社の万燈籠に久美子さんや佐久間たちを誘いあつめたのは、結果的に金が目当てだったと証明しているじゃないですか」

宮之原はそう問い詰めた。

「いや、マンションはわたしが一時、預かっているだけです。美術品はさっきお話ししたとおり、ほとんどが贋作です。一文の価値もないものばかりです」

「そうかもしれないが、あなたはそれを利用しようとしている。久美子さんに忠告するようなお節介《せつかい》なことをどうしてしなければならなかったのです？」

「…………」

松波は宮之原をみつめ返した。

しばらく無言であった。

智乃はその松波をみつめた。

ただの無言ではなかった。

何か重大なことを告白する。

そう予感させる無言であった。

「これは恥を話すことになりますが……」

松波は口をひらいた。

智乃も宮之原も黙って、その松波をみつめている。

「久美子が生まれるまえだから、わたしはまだ三十歳になっていなかった。みようみまねで紡績関係の仕事をしていて、佐久間専一郎さんに目をかけられ、松波興産の前身のような会社をもたせてもらい、若さにまかせて怖いものしらずといいますか、羽振りをきかせていたものですが、その縁で久美子の母親の佳織と知り合い、専一郎さんに贋作を売りつけていた狭間と知り合った」

「…………！」

「専一郎さんは明治の生まれで、わたしたちとは三十歳ちかくの年齢のひらきがあった。当時のわたしたちからみれば、よくできた好々爺といいますか、ふところのひろいひとで、専一郎さんにだけは甘えてもいい、何をしても許されると、勝手に思い込んでいた……」

松波は苦しそうな表情になった。

そして、つづけた。

「その思いは佳織もおなじだったのでしょう。いつとなく、わたしと佳織は専一郎さんに隠れて、愛し合うようになってしまったのです……」

智乃は松波から目をそらした。

松波は佐久間専一郎から莫大《ばくだい》な山林を奪った。

資産のすべてを奪った。

だが、奪ったのはそれだけではなかったようだ。

老いた専一郎にとって文字どおり掌中《しょうちゅう》の珠《たま》だった佳織まで奪った。

そう思ったとき、智乃は思わずあっと声をあげていた。

7

松波は顔を小刻みにうなずかせ、

「そうなんだ。佳織さんが産んだ赤ちゃん……。専一郎さんは薄々気づいていたと思うのですが、久美子の父親はわたしなのです」

と、いった。

「久美子は知っているんですか」

智乃はたずねた。

「それなんだ。佳織は告げることができないと苦しんでいた。わたしにしても、久美子に直接、話すことができない。わたしにしてみれば、ああもしてあげたい、こうもしてあげたいという気持ちはいっぱいなのだが、遠くからみまもるしかできなかったのです」

「久美子は専一郎さんや涼男さんに対して、罪悪感をもちつづけていたのですよ」

「だから、それですよ。涼男はあのとおりの男だ。はっきりいえば、大人になりそこなったろくでなしだ。涼男に譲れば、右から左へ女のものになる。それがわかっているから、涼男をわたしの会社に雇いいれたのだ」

「あなたの手元に置いて、監視した？」

宮之原がたずねた。

「そうです」

「すると、狭間弘幸はなんのために、あなたの会社の重役にさせているのです？」

松波は宮之原へ視線を向けてこたえた。

「狭間はもともと油断のできない男でした。専一郎さんに山ほど贋物を売りつけた。わたしにそれをとやかくいう資格はありませんが、狭間はいってみればグルであるこのわたしにも、贋物だとひと言もいわなかった。いまでもいいません」

「あなたを信頼していないというのですか」

「そのくらいのことは最初から承知していました。問題はあの膨大《ぼうだい》な美術品を、ときが来たら真物《ほんもの》として捌《さば》こう、巨万の富に変えよう、そう思いつづけている。そのためにどれもこれもすべて真物だ、高価なものだと久美子に吹き込んでいます。迂闊に手離されるのを警戒し、牽制しているのですが、久美子が罪悪感を持ったのは、狭間に吹き込まれたからでもあるのです」

「なるほど……」

宮之原はうなずいた。

智乃もわかるように思った。

狭間は売りつけた当事者なのだ。

丸の内の喫茶店で説明したときの真剣な顔とは裏腹に、真っ赤な贋物なのを承知している。

狭間の狙いはあくまでも真物でとおし、吉野の山林王の所蔵品と銘打つことらしい。そうすれば、さらに箔《はく》がつく。

ただ、智乃にはそんな久美子が気の毒に思える。

贋物の美術品にかこまれていた。さらに贋なのは美術品だけではなかった。

父親まで贋であった。

久美子の感性は贋物によって磨かれたものだが、贋物もみずに育った智乃にくらべれば、はるかに鋭敏であり、繊細であった。

その意味では、松波のいう贋物の効用があったことは確かであった。

「すると、狭間さんは涼男さんを唆《そそのか》して、久美子のお宝を取りあげるつもりだったのですか」

「そうです。だから、名義をわたしのものにしておかなければならなかった。そのために、久美子に万燈籠の夜、佐久間に会ってみろとすすめたのです」

「すると、そこへ火奈子がくることも予想してたのでしょう」

智乃はたずねた。

火奈子同伴でなければ、佐久間のほんとうの姿をみせつけることはできない。

松波は火奈子がくることを想定していた。

そして、火奈子は大迫ダムで殺された。

「お聞きしますが、火奈子がいなくなることを望んでいたのは誰です?」

宮之原が松波にたずねた。

「さあ……」

松波はちょっと首をひねり、

「狭間は望んでいましたね。それと、『せりざわ』のママも望んでいたはずです」

と、こたえた。

「理由は?」

「ふたりとも、久美子のマンションや美術品を狙っていました。佐久間だけならどうにでもなるが、火奈子までくわわると話が面倒になるでしょう」

「わかりました」

宮之原は質問をうち切った。

松波の家をでた。

車に乗り、林道をくだった。

「いまの話、ほんとうでしょうか」

助手席にすわった智乃は宮之原にたずねた。

ぬけぬけとありもしないことを話したとは思わないが、相手は松波なのだ。

いまひとつ信用できなかった。

「わたしは信用できると思った」

宮之原はこたえた。

車がくだるにつれて、沢が渓流に変わり、渓流が川の様相をみせはじめ、それが澱《よど》みだしたと思うと道はダム湖沿いに変わった。

「でしたら、犯人は狭間か『せりざわ』のママのどちらかですね」

そうとしか考えることができなかった。

そして、そのこと以上に気になるのは久美子がどこへ消えたかであった。

ダム湖に架かった橋を渡った。

来るときにみかけた、断崖にへばりついたような旅館に車を停めた。

宮之原は警察手帳を示し、

「電話を貸してほしいのだが……」

と、たのみ、帳場の電話に取りつくと、ダイヤルを回した。

すぐに相手がでたようだ。

「わたしです。警察庁の宮之原です」

「ああ、名探偵か。どこにいるんだ」

警視庁の共助課長の野太い声が洩れて来た。

「大迫ダムの奥にあるリゾート村で松波を事情聴取しました。で、至急、狭間弘幸と芹沢志津代が二月三日、春日大社の万燈籠の夜、どこにいたか、アリバイをとっていただきたいのですが……」

宮之原は急《せ》き込むようにいった。

「それなら、さっき桐畑くんが報告に来た。あのふたりはできてるらしい。二月三日の夜は熱海《あたみ》温泉のホテル九重《ここのえ》に泊まっていた。桐畑くんは熱海まで行って確認した。三日の夕方の六時にチェックインし、翌日の九時にチェックアウトした。アリバイは確かだ……」

「…………！」

宮之原の横顔がくもった。

智乃はその宮之原をみつめた。

狭間と芹沢志津代は熱海のホテルに泊まっていた。

チェックインしたのが六時だという。

春日大社のお間道で事件が起きたのは午後八時。

熱海から新幹線を利用しようが、車を飛ばそうが、二時間で奈良に着くことは不可能であった。

狭間も芹沢志津代も犯人ではない。

とすると、誰が犯人なのか。

やはり、松波ではないのか。

智乃は釈然としないものを嚙みしめている。

第6章　奈良公園を見晴らすホテルの会議室

1

宮之原と智乃は吉野川署へ引き返した。

吉野川署まで一時間たらず、宮之原の運転する車の振動に身をあずけながら、智乃は事件のことを考えつづけた。

久美子が姿を消した万燈籠の夜、春日大社のちかくにいたのは久美子と智乃、佐久間涼男と保坂火奈子、それに松波の五人であった。

そのうち、火奈子、佐久間は殺された。

久美子は行方不明になったままだ。

松波は春日大社の森のなかで起きたことを話したが、真偽のほどはわからない。

第一、松波のいうとおりだと、火奈子は誰に殺されたのか。

犯人がいなくなってしまう。

それに、疑問はあの夜の事件のことだけではなかった。

松波はほんとうに久美子の父親なのか。久美子のために、マンションや美術品を預かったというのを信じてよいのか。

何もかも松波の作り話である可能性がなくはない。

松波は腹の底からの大悪人なのではないか。

火奈子と佐久間を殺し、マンションと美術品を自分のものにした。

久美子もどこかで殺されたのではないか。

「万燈籠の夜ですけど、松波以外に犯人がいないのですが……」

智乃は宮之原にたずねた。

「松波はひとを殺すほどバカじゃないですよ」

宮之原はこたえた。

吉野川署に着くと、二階の捜査本部へいった。

刑事課の大部屋の入口に『大迫ダム殺人事件捜査本部』と書かれたおおきな看板がかかっていたが、捜査本部らしい活気はなかった。

宮之原が来たという知らせを受けて、署長が飛んできた。

名目だけのようなものだが、捜査本部長であった。

「松波に会って来たのですが、何か重大なことを隠していると感じました。桐畑さんと連絡をとって、狭間弘幸、芹沢志津代のふたりと松波を対決させてください。三人の主張に矛盾がでてくるはずです」

その矛盾こそ事件を解決する鍵だと宮之原は力説した。

「わかりました。すぐ連絡をとります」

「では、わたしは奈良市の春日ホテルで連絡を待っていますから……」

宮之原は昨夜泊まったホテルの名前を告げ、吉野川署をでた。

ふたたび車に乗り、県道桜井吉野線をとおって奈良市へ向かった。

桜井吉野線は吉野の山間を登って行く道であった。

登りつめるとトンネルで桜井市へ抜ける。

桜井市はそのむかし飛鳥の隣りにあたる町で、トンネルからくだって行く山々が多武峰《とうのみね》であり、その山中に談山《たんざん》神社がある。

祭神は藤原鎌足《かまたり》。

蘇我入鹿《そがのいるか》を倒すため、のちに天智《てんじ》天皇となる中大兄皇子《なかのおおえのおうじ》と、謀《はかりごと》を談じたところから談山（かたらいのやま）の社名がついた。

　智乃はその故事を思いうかべ、

「悪い奴ほどよく眠るっていうじゃないですか。佐久間も火奈子も亡くなって、万燈籠の夜、何があったのか。証人がいなくなったから、松波はいいたい放題をいってるんじゃないですか」

　と、宮之原にたずねかけた。

「松波はあのとおりの男だが、ひとを殺してはいない。わたしはそう思う」

　宮之原は確信をもって断言し、

「わたしは日本全国、どこで起きた事件も捜査する権限を持たされているが、それは殺人事件のような凶悪な事件にかぎられています。だからというわけじゃないが、ひとを殺すことと他の犯罪は次元がちがう」

　と、補足した。

「それはそうですが、ほんとうの悪人は殺人事件なんか起こさないのじゃないですか。毎日のニュースをみていても、殺人事件を起こすのは、社会的に弱い立場のひとたちが多くて、ほんとうの悪人は政治や経済の仕組みを悪用して、堂々と大金を儲けたり、目的を達したりしてるんじゃないですか」

「そのとおりですよ。ただ、人間の社会には嘘や偽り、欺瞞《ぎまん》、贋物など、いろんな〝悪〟がつきものなのです」

宮之原がそういったとき、車は多武峰のバス停を通過した。

左折すると談山神社であった。

智乃は学生のころ、久美子と一緒に訪れたことがある。

奈良時代から現代にいたるまで、日本の貴族政治の中心でありつづけた藤原氏の始祖を祀《まつ》っただけあって、ガイドブックや歴史の本から想像した以上に規模のおおきな神社で、智乃が訪れたときは秋だったため、三千本もあるという紅葉が全山を彩《いろど》っていた。

信仰の中心は藤原鎌足の遺骨をおさめたという木造の十三重塔で、その背後に『御破裂《ごはれつ》山《やま》』という変わった名前の山がそびえ立っていた。

天下に異変が起きそうになると、この山が鳴動し、鎌足の神像が破裂すると伝えられていて、その知らせを受けた朝廷は、いそいで勅使をおくり幣帛《へいはく》を奉《たてまつ》って災禍をまぬがれた。

それが史上、三十七回あったという。

その話を聞いたとき、一回や二回ならともかく、三十七回というのは〝嘘〟だと思った。

どこの神社や寺院にも、多かれ少なかれある縁起、伝承。貴族のなかの貴族として、千年以上にわたって君臨してきた藤原氏の神社なら、三十七回、〝奇蹟〟を起こして国を救ったとホラをふいても、笑ってすませられる類《たぐい》のことだろう。

世の中というのは、案外そんな〝嘘〟でもっているところがあるのかもしれない。

智乃はそう思いながら、

「松波と狭間弘幸、せりざわのママ。この三人のなかに犯人がいるんですか」

と、たずねた。

「いると思う……」

宮之原は短くこたえた。

確信がこめられていた。

「久美子はどうなんです？　生きていますか」

「生きていますよ。松波は言外にそう告げた」

「そんなこと、いいました？」

智乃は宮之原をみつめた。

言外にもなにも松波が久美子の生死にふれたとは思えなかった。

「真っ暗なささやきの小径で佐久間が暴れだし、松波の手を振り切って逃げたといったときです」

「久美子も一緒に逃げたといったのじゃないですか」

「あなたがそうたずねたのですよ。松波は、『ああ』とこたえたが、目を伏せた。松波が目を伏せたのはそのときだけだった」

「じゃあ、久美子は逃げなかった。松波が連れていったのですか」

「だと思う。松波はあの夜、大和高田市の実家へ帰ったといいましたね。実家に帰りついたときには久美子さんはいなかった」

「じゃあ……」

智乃は息を飲んだ。

春日大社の森から大和高田市へ帰りつく途中で、久美子は殺されたのか。

智乃のこわばった表情をみて、宮之原は首を横に振り、

「いや、そうじゃない。久美子さんはそのあと、代官山のマンションを佐久間にゆずる手続きをしています」

と、いった。

「じゃあ、生きているのですね」

「生きてるに決まってるじゃないですか。松波は久美子さんの父親だ、幸せを願っているといったじゃないですか」

「みつけだすことができるのですか」

「わたしには無理だが、桐畑さんならできるでしょう。奈良市から大和高田市へ松波が帰る途中、どこかで預かってもらうことができ、今日まで久美子さんはそこから脱走していない。あなたに連絡もとらなかった。とることができなかったのか、久美子さんの意志でとらなかったのか。その次第ですこし条件が違ってきますが、奈良市と大和高田市は三十キロと離れてないんだ。久美子さんを無事、保護できる施設となると、一軒一軒、しらみつぶしに聞き込みして歩いても、そうたくさんあるとは思えませんね」

「ほんとですか」

智乃は思わずおおきな声をだした。

いわれてみれば、理屈であった。

久美子は春日若宮のお間道で姿を消したが、遺体は発見されていない。

しかも、姿を消した後に、マンションを佐久間へゆずる契約書にサインしている。

あれは日付だけあとから書き込んだのかもしれないが、久美子と佐久間のふたりだけで契約したとすると、所蔵の美術品について、特約事項などつけないはずであった。

久美子も佐久間も美術品に興味を持っていなかった。

特約事項をつけたこと自体が松波の意向をつよく反映している。とするなら、松波が久美子に契約書を書かせ、あとから佐久間にサインさせた。そう考えるほうが妥当であった。

2

多武峰のバス停から十分もはしると、行く手に奈良盆地がひらけた。

大迫ダムの奥のリゾート村をたずねて来たあとだけに、奈良盆地は平野のようにひろく感じられたが、くだって行く車のフロントガラスに映りでているのは、無数に点在している溜め池の多さであった。

奈良盆地は弥生時代のむかしから穀倉地帯だったが、盆地ゆえに雨のすくないことに泣かされて来た。

大迫ダムなど吉野川上流のダムは、奈良特有の水不足を解消するためにつくられたものであった。

無数にちりばめられた溜め池のあいだに、ぽっこりと盛りあがった可愛らしい山が三つみえた。

畝傍《うねび》、耳成《みみなし》、天香久山《あめのかぐやま》。大和三山であった。

久美子と飛鳥を旅行したとき、どこからも大和三山がみえた。

智乃がその三山をみつめているのを察したらしく、

「有名なのは大和三山ですが、わたしは三輪山《みわやま》が好きです」

宮之原は右手にみえるおおきな山を指さした。

大和三山のどれもが、大地のおへそといった愛らしさなのにくらべ、三輪山は堂々とした山であった。

大和三山と似ているところは、山の形が綺麗な三角錐《さんかくすい》をみせているところで、車が桜井の市街地へ降り、ＪＲの桜井駅をまわりこんで奈良市へ向かう国道にでると、山容はますます優美な曲線をみせるようになった。

「なんだかゆったりした感じの山ですね」

智乃がうなずくと、

「あの山の麓で暮らせば、山が守ってくれる。そんな安心を感じさせるでしょう」

宮之原はいい、

「あの麓に邪馬台国《やまたいこく》はあった。わたしはそう信じています」

と、微笑した。

「邪馬台国って、あの邪馬台国ですか」

「そうです。卑弥呼《ひみこ》の墓もあります。この道路を行くと卑弥呼の墓の横にでますよ」

「ほんとうですか」

「箸墓《はしはか》といいます。おおきな前方後円墳です」

いわれて智乃は思いあたった。

「そのお話、わたしも聞いたことがありますけど、ほんとうに卑弥呼のお墓なんですか」

智乃はたずね返した。

「それはわからない」

宮之原は軽く首を横に振り、

「倭迹迹日百襲姫《やまとととびももそひめ》という皇族の墓だといって宮内庁が発掘などの研究を許さないのですよ。巫女《みこ》的な女性で三輪山の主である蛇と結婚したとか、それを恥じて自殺したとか、そういうことは『日本書紀』に書かれてあるんですが、肝心の邪馬台国や卑弥呼については一行も触れてないのですから……」

と、いった。

「卑弥呼も巫女のような女性ですよね」

「ええ……」

「日本書紀って、日本の国が正式に編纂《へんさん》した最初の歴史の本でしょう」

「そうです」

「そこにどうして邪馬台国のことが書かれてないのです?」

智乃は不思議に思った。

智乃の高校の教科書には書かれていた。

教科書の最初のページは『渡来人』ではじまった。

渡来人が日本の国をつくったと書かれていた。

人間が大地から湧きでてくるわけがないから、日本人の先祖もどこかから〝渡来〟したのだろう。それは確かなはずであった。

しかも、教科書で最初に登場した固有名詞が『邪馬台国』であり、『卑弥呼』であった。

邪馬台国は九州にあった、いや、いまの奈良県、大和にあったといろんな説があり、具体的な場所は書かれてなかったが、存在したことは間違いない。

智乃の世代では『常識』であった。

ところが、日本の国が正式に編纂した『日本書紀』には、邪馬台国も卑弥呼も書かれてないという。

「邪馬台国だけじゃないですよ。卑弥呼の二百年もまえに漢《かん》へ使者をだし、『漢の倭《わ》の奴《な》国の王』の金印《きんいん》をもらった奴国のことも書かれていない」

「どうしてなんですか」

「漢の倭の奴国だからですよ」

宮之原は渋い表情になった。

漢の倭の奴国。

漢という国のなかに倭があり、その倭のなかの国のひとつが奴。

日本が漢のなかに組み込まれている。

『日本書紀』を編纂したひとたちは、それを認めたくなかったのか。

「でも、それこそ、歴史上の事実なんじゃないですか」

智乃は抗議するようにいった。

車は桜井市の市街地をはしり抜け、ちいさな川をわたった。

何気なくとおりすぎる狭い川であったが、この川が大和川。

奈良盆地を貫流して大阪湾にそそぐ。

奈良県を代表する川であった。

ひろびろとした田園地帯にかかった。

しばらくはしると、宮之原は車をとめた。

右手に堀のような池がひろがり、枯れた水草の浮かぶ池をへだてて、こんもりと森が盛りあがっていた。

左手が丸く、右手が平らに突きでた感じ。前方後円墳であった。

目分量だが、二百メートルではきかないのではないか。

邪馬台国の女王・卑弥呼の墓にふさわしいおおきさであった。

宮之原と智乃は車から降り、池の畔《ほとり》に立った。

手すりのような柵がめぐらされている。

二月の下旬だが、やわらかな陽射しが降りそそいでいた。

宮之原は箸墓を指さし、

「あの向こうに集落があります。そのなかの一軒が建て直すことになり、地下をちょっと掘ったところ、土器が山のようにでてきたそうです。そこも邪馬台国の一画だったのじゃないかと話題になりました。邪馬台国の中心はあの一帯です。纏向《まきむく》遺跡といって、もう何年も発掘調査がおこなわれているはずですが……」

背後を振り向いて、左手でおおきく弧を描いた。

「そんなおおきな遺跡なんですか」

「それはそうですよ。有名な魏志倭人伝《ぎしわじんでん》に戸数七万余戸と書かれています。いくらかの誇張があるにしても、邪馬台国は家々がつらなる都市だったのです」

高揚した口調になっていた。

智乃は胸のなかで指をくった。

邪馬台国の卑弥呼が魏の都へ使者を派遣したのが、たしか三世紀のはじめであった。倭と呼ばれたその国に仏教が伝来したのが六世紀のなかごろ。

そのころ、倭の都は飛鳥に移っていた。

そして、百年ほど後、多武峰で謀《はかりごと》をめぐらした中大兄皇子が蘇我氏を倒し、大和王権をゆるぎないものにした。

そうした経過を『日本書紀』はどうして書かなかったのか。

宮之原は智乃の胸中を察したようだ。

「日本書紀の編纂を命じたのは中大兄皇子の弟の天武《てんむ》天皇ですが、中大兄皇子のとき、朝鮮半島で『百済《くだら》』という国が滅びるのです。中大兄皇子は百済を助けるため、日本の国をあげた大軍を朝鮮半島へ派遣するのですが、唐と新羅《しらぎ》の連合軍に木っ端《こっぱ》みじんにやられます。勢いをかって唐が攻めてくるのではないか。それを怖れた中大兄皇子が、都を飛鳥から滋賀県の大津《おおつ》へ移すといった大騒ぎがあって、天武天皇の時代になって行きます。このとき、日本の国の政策が大転換した」

「………！」

「それまでの日本は朝鮮半島と不即不離の関係だった。だが、その敗北を機会に朝鮮半島から手を引いた。中国とも関係を絶った。いわば、鎖国ですね。以来、明治になるまで千年以上、日本は基本的に鎖国をつづけることになるのですが、そんな時代背景のもとで書かれたため、日本書紀の最大のコンセプトは、日本は中国から枝わかれしてできた国ではない。漢の倭の奴国も邪馬台国もなかった。日本は空から舞い降りた神さまの国だ。日本の王は神さまの子孫だ……。そう書かざるをえなかったのじゃないかな」

宮之原はそういって話を結んだ。

3

奈良市の春日ホテルに帰りつくと、フロント係が、

「ファックスがとどいております」

封筒にはいったメモを差しだした。

桐畑からのものであった。

警視庁捜査共助課の協力を得て、狭間弘幸、芹沢志津代の両名に、明日の午後、奈良市の春日ホテルに任意出頭するよう同意を取りつけました。

松波は捜査本部のほうで手配しますが、春日ホテルの会議室で、三人がそろい次第、対決させることにします。

捜査で気づいたことがあり、警部の指示を仰ぎたいので、のちほど、電話をいたします。


と、書かれてあった。

十分ほど後、桐畑から電話があった。

そのとき、智乃は自分の部屋で奈良公園を眺めていた。

奈良公園にも溜め池が多く、ホテルは溜め池に望む高台のうえに立っていて、公園の木々の向こうに国立博物館がわずかにみえていたが、智乃は池のほとりに立っている鹿をみつめていた。

鹿は所在なさそうに立っていた。

奈良の鹿は観光客をみると鹿煎餅をくれと、お辞儀をくり返して離れないのだが、冬枯れの池は荒涼として、観光客の姿はひとりもみえず、鹿はしょんぼりと池面をみつめていた。

久美子はどうしているのだろうか。

万燈籠の夜以来、片時も頭を離れたことがない。

あの鹿のように所在なく、時の経過に身をゆだねているのだろうか。

明日、松波、狭間、芹沢志津代、三人が対決する。

その結果次第で久美子はあらわれるのだろうか。

部屋のドアをノックする音がした。

宮之原であった。

「桐畑さんはなかなか優秀だね。証拠をつかんでいた」

宮之原は笑顔でいった。

「どんな証拠ですか」

智乃はたずねた。

「万燈籠の夜、あなたたち五人のほかにもうひとり、春日大社の森にひそんでいた人物がいたらしいのですよ」

「誰ですか」

「まだ、確定したわけじゃない。明日の対決ではっきりさせる」

宮之原はそれ以上いわなかった。

翌日、桐畑と警視庁の共助課員がつき添って、狭間と芹沢志津代を春日ホテルに同行して来た。

志津代は和服ではなく、象牙色のセーターを着て、ワインレッドのスラックスをはいていた。

和服のときはきっちりとセットしていた髪をほどき、ワンレンふうに垂らしていた。

それが着飾った和服姿とは一転して、現代ふうのなよやかさをみせていた。

松波はもちろん出席した。

警察側は宮之原と桐畑のほかに捜査本部長の署長と主任捜査官の県警捜査一課の警部が出席した。

会議室の窓からは興福寺の五重塔がみえた。

そとは風がつよく、五重塔はかすかに揺れているように感じられた。

松波たち三人が対決するまえに、宮之原が狭間に話しかけた。

「三十六歌仙絵巻はあなたが佐久間専一郎さんに売ったのでしたね」

「ええ。いまとなっては、お売りするのではなかったと後悔しています。あの絵巻一本で、一生遊んで暮らせたのを、あのときは金策に忙しかったばかりに……」

狭間は上機嫌にこたえた。

「あの絵巻は下鴨神社のご神庫におさめられていたものでしたね」

「はい。そのことは『古今画抄』『考古画譜』という書物にしるされております」

「下鴨神社には正副二巻の三十六歌仙絵巻がおさめられていた。そのうちの一本が佐竹本だ。そうでしたね」

「はい……」

「佐竹本は秋田藩主の佐竹家に所蔵されていた。あなたが専一郎さんに売った絵巻はどこからでたのです?」

宮之原は雑談のようにたずねた。

「それは、しかるところからです」

狭間はもったいぶっていった。

「松波さんは贋作だというんです」

「とんでもない」

狭間は憤然と色をなした。

「じゃあ、どこからでたのかね」

長方形のテーブルに向かい合って坐った松波がせせら笑うようにたずねた。

「そんなことをあなたに話す必要はないでしょう」

狭間は木で鼻をくくったようにいい、宮之原が、

「松波さんに話すのではなく、警察に話していただきたい」

と、いった。

「たとえ警察であっても、お話しすることはできません。ああいう美術品の場合は、贈与所得などさまざまな個人情報がついてまわります。正式の手続きをとっていただかないことには、迂闊にお話しすることはできないのです」

「あなた、専一郎さんに売ったのはいつです？」

宮之原は悠然とたずねた。

「十五年ほどまえですが……」

「十五年……。殺人事件でも時効ですよ。商取引の時効はたしか五年だと思ったが……」

「……………」

狭間は言葉につまった。

秘密にしなければならない理由がなかった。

だが、宮之原はそのことにこだわらず、

「この二月三日、春日大社の万燈籠の日です。この夜、保坂火奈子が大迫ダムで殺された。二月三日の午後八時ごろ、あなたはどこにいました?」

と、たずねた。

「それは、そちらの刑事さんに何度となくたずねられた。熱海温泉のホテル九重に宿泊していた。そのことは確認なさったじゃないですか」

狭間は救われたようにいった。

三十六歌仙絵巻の件で追及されるのは困るが、そちらのアリバイなら完全だという自信があるのだろう。

「あなたひとりでしたか」

「いいえ。こちらの芹沢志津代さんとご一緒でした」

狭間は横に坐った志津代へ顔を向けた。

「そのとおりでしたか」

宮之原は志津代にたずねた。

「ええ。間違いございません」

志津代がこたえた。

「ところが、もうすこし若い女性だったという証言があるんです」

宮之原は桐畑へ顔を向けた。

桐畑は立ちあがり、隣りの部屋へでて行った。

そして、すぐ戻って来た。四十歳ぐらいの身だしなみのよい男をしたがえていた。「熱海温泉、ホテル九重のフロント主任です」

桐畑は居並ぶ面々にそう紹介し、

「二月三日の夜、狭間証人はたしかにホテル九重に宿泊しておりました。ところが、同伴の女性が芹沢さんとは微妙に年齢格好がちがうのです。そうですね」

フロント主任へいった。

「はい。これが当日、狭間さまがお泊まりになった七階のエレベーターホールの監視カメラの写真でございます」

フロント主任はキャビネ版の写真を取りだした。

一枚ではなく、三枚あった。

狭間と女性が映っていた。

女性は象牙色とおぼしいセーターを着て、ワインレッドらしいスラックスをはいていた。

だが、髪の毛がショートカットであった。

似た顔だちだが、年齢が十歳ほど若かった。

「これは、あなたじゃないね」

宮之原は志津代にいった。

志津代は顔をこわばらせていた。

その顔が真っ青であった。

「二月三日の夜、どこにいました？」

宮之原はたずねた。

「………………！」

志津代はこたえることができなかった。

「春日大社にいたね」

宮之原は押しかぶせるようにいった。

「………………！」

「あなたは佐久間涼男が万燈籠に行くことを聞いて保坂火奈子に一緒に行けとすすめた。春日大社の森へ川添久美子さんがくることになっている。その久美子さんを取りおさえ、監禁して強制的にマンションを譲渡する手続きをとれ。久美子さんからゆずり受けた佐久間は右から左へと火奈子にゆずる。それを捨て値で売っても十億円はかたい。そう教え、火奈子から聞いた春日若宮の森へ行った」

いつもはおだやかな宮之原が火のでるような口調でいった。

「…………！」

志津代は返す言葉もなかった。

「佐久間は久美子さんと打ち合わせしたとおり、麻酔銃を一発発射した。空気銃を撃ったような音がして、久美子さんがはしり込んで来た。火奈子は佐久間と協力して、久美子さんを取りおさえるつもりでいたが、思いがけないことにそこには松波さんがいた」

宮之原はそうですねという表情を松波へ向けた。

「そのとおりです」

松波はうなずき、

「そのとおりですが、昨日、警部さんから事情を聞かれたとき、万一のケースを考えて、事実とちがったことを話しました。そのことも含めて、ありのままをお話ししますから、そのおつもりで聞いてください」

と、断ったうえでつづけた。

「久美子がはしってくるのがみえると、佐久間はピストル型の麻酔銃に弾をいれて火奈子にわたしたのです。わたしは息をつめて間合いをはかった。久美子がはしってくるのが何十分ものようにながく感じられました。だが、わたしは待った。耐えるように待ったのです。保坂火奈子が久美子を本気で撃《う》とうとする最後の瞬間まで飛びだすわけにはいかない。はやく飛びだしたのでは、久美子に佐久間と火奈子の正体をみせることができない……。その久美子を追って、もうひとりの若い女性が森へはしり込んで来た。それがあなたです。智乃さんでした」

松波は智乃に軽く会釈し、話をつづけた。

「智乃さんは久美子をみうしなった。智乃さんのほうからは闇しかみえない。だが、万燈籠の灯影に透《す》かしてみているわたしのほうからは、すべてがシルエットだが、はっきりとみえた。久美子がはしり寄ったのへ、火奈子がピストルを突きつけたのです。マンションの権利書を持って来たね。だすんだ。ださないと命はないよ。低い声でいった。わたしはその瞬間、飛びだして行った。佐久間、何ということをする！　叱りつけた。佐久間と久美子の手をつかんで〝ささやきの小径〟のほうへ引っ張って行った。闇にまぎれて佐久間が逃げたのはお話ししたとおりです。わたしは久美子を抱くようにして新薬師寺の近くまで行き、そこに停めておいたわたしの車に乗せた。大和高田市の郊外にある安全な場所へ案内したのです」

松波はいった。

「じゃあ、久美子は無事でいるのですか！」

智乃は夢中で叫んだ。

叫ぶつもりはなかったが、絶叫にちかい声をあげ、松波のほうへ両手を突きだしていた。

「もちろん無事でおります。あとでここへ呼びます。わたしの話したことが真実なのを久美子の口から聞いていただきたい」

松波は落ち着いた態度でいい、

「警部さん、昨日は事実とちがうことを申しました。それはこんなにはやく事件を解決していただけると思わなかったからです。万燈籠の夜、わたしは久美子を大和高田市へ連れて行きました。ところが、その翌日、大迫ダムで殺人事件があった。年齢格好や服装から殺されたのが火奈子だとは察しとれましたし、大迫ダムで殺したのは、わたしの犯行だと思わせるためだ。それは分かるが、殺したのは誰か？　それが分からない。前日の夜、わたしが佐久間と久美子を連れて森からでて行くのをみすまして、火奈子に近づいた人物がいる……。しかも、大迫ダムの殺人事件には麻酔銃が使われたらしい。使われた麻酔銃はたぶん、佐久間が火奈子にわたしたものでしょう。とすると、火奈子から麻酔銃を簡単に取りあげることができるし、同時に火奈子が春日若宮の森にいることも知っていた人物が犯人だ」

そういいながら、目を志津代へながした。

志津代はツンと天井へ顔を向けた。

松波はつづけた。

「その条件に当てはまる人物は二人いた。そのひとり、狭間にわたしは万燈籠の夜、どこにいたかを聞いた。すると、狭間は悪びれる様子もなく、志津代と熱海温泉に泊まったといったのです。そんなわけはない。二人のどちらかがあの森にいたはずだ。わたしには確信があるが、警察のように捜査することができません。それだけでなく、狭間はこういったのです。佐久間専一郎さんから佳織を奪った男がいたね。歴史はくりかえすね、と」

「と、いうことは、狭間弘幸はあなたに反旗をひるがえす覚悟を決めていたのですか」

宮之原がたずねた。

「わたしはそう思いました。この次はわたしの番だとも思いました。狭間と志津代は拳銃タイプの麻酔銃を持っている。気を許すと火奈子の二の舞になるおそれがある。警察が二人の犯行を暴いてくれるまで油断できない。わたし以上に久美子も危ない。事件が解決するまでは、久美子を監禁してでも守らなければいけない。そう考えたのです」

松波はそういうと手を鳴らした。

隣りの部屋との間のドアが開いた。

そこから久美子があらわれた。

「久美子！」

智乃ははしり寄った。

「智乃、ごめんね」

久美子は智乃の胸に倒れ込んだ。

「心配したわ。どうして連絡をくれなかったのよ」

「ごめん。できなかったの。それに智乃を騙して！」

久美子は泣きだすのを必死にこらえていた。

智乃もおなじだった。

抱きあった胸と胸に久美子の体温が伝わっていて、それが智乃の胸を熱くさせ、涙が溢れでた。

「こういうことです。生き証人があらわれた。春日若宮の森で起きたことは以上のとおりだ」

宮之原は一同をみまわし、その目を志津代に据《す》えると、

「あんたは予想外の展開におどろいた。だが、あんたは狡猾《こうかつ》だった。マンションは火奈子にやるが、久美子さんが所蔵している美術品はもらう。火奈子がその邪魔になるようだったら、ひねりつぶしてもいい。その決意を秘めたうえで春日若宮の森にひそんでいた」

智乃はもちろん、捜査本部長も主任捜査官も宮之原のいうことに聞き入っていた。

宮之原はつづけた。

「松波さんの出現はあなたにとって予想外の出来事だった。連れて行かれた佐久間が余計なことを話したら、あんたにとって取り返しのつかないことになる。あんたは松波さんの出現でひとり取り残され、呆然としている火奈子に歩み寄った。計画が失敗した以上、火奈子を生かしておくわけにはいかない。火奈子を森の外へつれだし、あんたの車に乗せた。そして、火奈子が持っていた麻酔銃を奪うと火奈子の尻におしつけ、引き金を引いた」

火奈子は抵抗したが、その抵抗は十分とつづかなかった。

眠りにおちた。

志津代はその火奈子を大迫ダムへ運んだ。

松波のリゾート村へ何度か行ったことのある志津代は土地カンがあった。

それに、大迫ダムで死体が発見されると、容疑者が松波だと思われるという計算もあったのは、宮之原が指摘したとおりであった。

4

「次に佐久間の事件だが……」

宮之原は言葉をつづけた。

「春日若宮の森で起きた異変に、松波さんはマンションの名義変更をいそいだ。結果的にすべての計画に失敗した芹沢志津代は、アリバイ工作をした狭間とともに、佐久間の殺害を決意し、先週金曜日の夜、佐久間を銀座のクラブ『せりざわ』へ呼びだした」

「どうして、佐久間くんを殺さなきゃならないのよ」

志津代は不貞腐《ふてくさ》れたようにいった。

「あんたは余計なことをしたのだよ」

宮之原はいった。

「余計なこと？」

「そうだ。火奈子を殺すのに麻酔銃を使わなければよかった。ところが眠らせるほうが簡単だと考えたあんたは、不用意に麻酔銃をつかった」

「それがどうしたのよ」

「麻酔銃は佐久間のものだった。佐久間が火奈子にわたし、火奈子からあんたが奪い取った。佐久間はそのことを知っている。佐久間に知られている以上、あんたは殺人犯として追及されるのが目にみえていた」

「…………！」

志津代は声を飲んだ。

智乃も息を詰めた。

宮之原はさらにつづけた。

「佐久間を呼び出すのと同時に、松波さんも呼び出し、松波さんと佐久間が一緒にクラブをでて行くよう仕向けた。つまり、あんたは、その夜、佐久間を殺すことを決意していた。佐久間と最後に会ったのが松波さんだとなると、殺人事件の容疑は松波さんに行く……」

「そのとおりよ。松波は佐久間さんを竹の塚のアパートまで送って行ったのだから……」

志津代はいい返した。

「あんたはクラブがはねたあと、どこにいたのかね」

「うちのクラブの古参のホステスをふたり、誘ってマンションへ帰ったわ。三人で朝まで飲んだ。それはホステスに聞いてよ」

「聞くまでもないんだ」

宮之原は千切《ちぎ》ったようにいい、狭間をみつめると、

「あんた、金曜日の夜はどこにいた？」

と、たずねた。

「夜は家にいましたよ」

狭間は傲然《ごうぜん》といった。

「そうかね。あんたは佐久間のアパートの鍵を持っていた。いつでも自由にはいることができた」

「わたしがどうして？」

狭間は不本意な表情をつくった。

「芹沢志津代が火奈子を麻酔銃で眠らせたのは、余計なことばかりではなかったのだよ。火奈子は佐久間のアパートの鍵を持っていた。麻酔銃で眠らせて、そのあいだにキーホルダーからアパートの鍵を抜きとらなければならなかった。志津代はその鍵をあんたにわたした。あんたはアリバイづくりに手を貸した。共犯としては、志津代の計画を遅滞なくすすめる必要があった」

「しかし……」

狭間は声を飲み、

「警部さん、あんたは久美子の所蔵品が贋物だというんだろう。真物ならともかく、贋物のために、おれがどうして殺人事件の手伝いをしなきゃならないんだ」

鼻先を突きあげるようにしていい放った。

「そこだよ。あんたは専一郎さんに贋物を売りつけた。あの所蔵品が一文の価値もないことを承知している。ところが、志津代に贋物だ、一文の価値もないということができなかった。志津代が惚れたのはあんたではなくて、時価五十億とか、国宝以上の価値があると吹き込んだ三十六歌仙絵巻だ。真物だと思わせておくのが、あんたの手品のタネだ。贋物だとわかってしまえば、銀座のクラブでおおきな顔をして飲みあるくことなど夢のまた夢になるんじゃなかったかね」

宮之原は冷ややかにいい、狭間は黙り込んだ。

「あんたは志津代からわたされた鍵を使って佐久間のアパートにはいり込んだ。佐久間の帰りを待った。佐久間は酔って帰って来た。ベッドに倒れ込んだ。あんたはその佐久間に馬乗りになり、ネクタイで首を絞めた。佐久間は声もださずにあの世へ旅立って行ったのじゃないかね」

宮之原はそういうと、桐畑に告げた。

「桐畑さん、芹沢志津代と狭間弘幸を緊急逮捕したまえ。共謀して、保坂火奈子と佐久間涼男を殺した容疑だ」
「はい！」
桐畑は志津代と狭間に歩み寄った。
志津代は恨《うら》めしそうに智乃をみつめた。
ぞーっとするほど、冷ややかで焦点のさだまらない目であった。
桐畑はその志津代の手首に手錠を振りおろした。
その金属音が狭い会議室にひびいた。

エピローグ

事件が解決して一週間ほどがすぎた日——。

智乃は宮之原に銀座のレストランに招待された。

「あの三十六歌仙絵巻、やっぱり贋物なんですか」

智乃は何よりもそれが気になっていた。

智乃は虫干しを手伝って、何度かみている。

古さといい絵の華麗さといい、贋物とは思えなかった。

「わかりませんね。わたしも改めてみせてもらったが、かなりの描き手が描いたことは確かだと思う。ただ、佐竹本の三十六歌仙絵巻になぞらえてつくられている。そうでなかったら、それはそれで〝真物〟としての価値があるのだが、なぞらえたのが致命的でしょうね。なぞらえた途端に『贋物』になってしまった」

宮之原はそういって苦笑した。

「美術の世界はきびしいんですね」

智乃は苦笑を返した。

智乃の脳裏に、吉野川署から奈良へ帰る途中でみた箸墓古墳が浮かんでいる。

歴史は改竄《かいざん》しても〝贋〟にならないのか。

邪馬台国も卑弥呼も、かつて存在したことは「常識」だが、日本の正史は存在を認めていない。

国の始まりを「嘘」ではじめてよいのだろうか。

そう思いながら、智乃は別のことをたずねた。

「わたしの会社に電話がかかって来たでしょう。大迫ダムで死んだ女性がいる。それが久美子だって……。あの電話をかけて来たの、誰だったんですか」

と。

「話しませんでしたか。あの電話は久美子さんを預かった旧家の主人ですよ」

「まあ！　だけど、なんのため？」

「奈良県警の捜査が進展しない。かといって、保坂火奈子だと告げると、あなたが乗りださない。あなたが吉野川署へ行ったことから、捜査が動きだした。あの電話がなかったら、奈良県警は身許不明の変死体で、捜査を打ち切っていたところだ。松波がたのんで電話をかけさせたらしいが、いいタイミングでしたね」

宮之原は明るい表情でいった。

久美子があずけられたのは白壁でかこまれた広大な旧家だと聞いた。普通の旅館なんかだと狭間や志津代の手のものがはいり込んで、久美子に危害をくわえる恐れもあった。

松波は知人に久美子をあずけたが、監禁というような待遇ではなく、豊かな親戚の屋敷でのどかにすごしているような日々だったと、久美子から聞いた。

ともあれ、事件は無事、解決した。

名探偵が乗りだしてくれたからだ。

宮之原をみつめる智乃の目に感謝と尊敬の気持ちがにじみでていた。

この作品はフィクションであり、作中に登場する個人名、団体名など、すべて架空のものであることを付記します。

文庫判あとがき

この『奈良いにしえ殺人事件』はながいあいだ絶版になっていた。なっていた、というよりは、ぼくの自発的な意志で絶版にしてあった。理由はできが悪いと思ったからだ。

ところが、インターネットで『木谷恭介作品研究室』を立ちあげてくださった『まるひ』さんをはじめ、多くのひとから、文庫化をすすめられて来た。ノベルスの版元の大陸書房が倒産したため、元本の『奈良いにしえ殺人絵巻』は、書店に並んだと思うと回収され、ごく少部数しか、出まわっていないからだ。『まるひ』さんはその〃貴重〃な本を古本屋で入手、読んだうえで文庫化をすすめてくださった。

そんないきさつがあって、あらためて読みなおしてみたところ、自分で思っていたほど悪くなかった。

ただ、初期の作品のため、宮之原《みやのはら》のキャラクターが確立してなくて、作者としてはそのまま文庫にするのは避けたいと思って、手を入れることにした。

ところが、手なおしをし始めると、気になる点が次々とあらわれて来た。

まず、何よりも、ぼく自身の下手《へた》さが目について仕方がない。

『奈良いにしえ……』を書いたのは平成二年、著作リストの33作めだが、

《そのころは、こんなに下手だったのか》

あらためて自己確認した。

で、結局、全編にわたって書き直すことになってしまった。

それなら、いま現在のストーリーにすればよさそうなものだが、登場人物の年齢をいじると収拾がつかなくなってしまう。

宮之原の年齢を何歳に設定すればいいか。

それだけだって大問題だ。

とにかく、書いたのが平成二年。それから十八年がすぎている。

当時、四十代前半だったとしても、十八年経つと、もう六十歳をすぎ、宮之原は定年になっているのではないか。

それでなくても、宮之原の年齢については、いったいいくつなのかという質問を、どれ

だけ受けただろうか。

サザエさん一家のように、いつまで経っても齢《とし》をとらない方法もあるのだが、宮之原シリーズの場合、そうできない事情がある。

ストーリーのなかに過去の事件や体験がでてくるのだ。

例えば、宮之原は学生のころ、ユースホステルなどを利用して、全国を旅行してまわったことになっているが、若いひとがそういうことをしたのは、昭和四十年代までで、五十年代以降は海外旅行の時代になった。

社会的な事象でいくと、『京都高瀬川殺人事件』では、宮之原の学生時代は全共闘の時期と重なっているし、全共闘世代は〝団塊《だんかい》〟の世代でもあり、これまた定年の年齢になってしまう。


ぼく自身が後期高齢者になった現在、宮之原を年寄りにさせたくない。

定年を間近にひかえた窓際刑事にもしたくない。

四十代後半から五十代にはいったばかり。

そう設定したいのだが、それはそれで、小清水《こしみず》峡子《きょうこ》をはじめとする宮之原ファミリーの年齢にさしさわりがでて来る。

そんな次第で、宮之原の年齢は、五十歳プラスマイナスαということにするしかない。どうか、ご了解くださるよう、この場を借りて、お願いする次第です。

この『奈良いにしえ……』を絶版にしていたもうひとつの理由は、バブルの時期の作品だったため、地上げとかリゾートとかがでて来て、時代色がついているのではないか、と思ったせいもあった。

ところが、そちらはさほど違和感を持たなかった。

十八年がすぎて、時代がぐるりとひと回りしたのか、新しいリゾートができるようになった。アメリカも中国もバブルで、今年あたりパニックがくるかもしれない。

ぼくの住んでる静岡県などは、県庁に観光局というのができるそうだし、政府に観光庁をつくれと働きかけているらしい。

そういうことを聞くと、ぼくは「官僚が自分の縄張りを強化するため」だと思ってしまうのだが、バブルのような儲《もう》けにつながることは「歴史はくり返す」を地で行くようだ。

書き直して、すごく変わったと思ったのは、平成二年には携帯電話がなかったことであった。

あるにはあったかもしれないが、弁当箱のようなおおきさで、メカに対して独特の偏見を持っている宮之原は、断固、使わなかったにちがいない。

今度、書き直して、電話をかけるのにいちいち、ホテルや警察署に立ち寄るのが、不便で仕方なかった。


ぼくは去年の十一月、満八十歳の誕生日を迎えた。

じつをいうと、ぼくは八十歳になったのが嬉しくてならない。

七十代とはちがって、仙人になったような気がするのだ。

しかも、八十歳でこうして小説が書ける。

それが嬉しい。

だが、八十歳というのは疲れます。

朝、目が醒めるともう疲れている。

アリナミンのＣＭではないが「なんだか泣けてくる……」というような疲れがいつも取りついている。

何をするのも大儀《たいぎ》なのだが、世の中のことがよくみえる。

政治や経済のこともそうなら、小説のこともそうだ。

ぼくが書き下ろしのミステリーの第一作を書いたのが昭和五十八年（一九八三）だか

ら、二十五年がすぎた。

その間、ミステリーのブームが去り、戦記シミュレーション小説の全盛期があり、さらにはホラー小説のブームがあった。

いまは時代小説がブームだ。

ぼくはミステリーのブームに乗ることができたため、二十五年間、ミステリー一本でとおすことができたが、いまになって振り返ると、ミステリーはミステリーでも、ストーリーづくりに徹して来たのがよかったと思う。

物語の好きな読者は結構いるのだ。

ぼくの書斎の壁には「娯楽小説の必須条件」というのが貼ってある。

名前を思い出せないが、外国の作家の提言で、その第一箇条が、「しっかりしたストーリー。対立と葛藤《かっとう》」なのだ。

ぼくが金科玉条《きんかぎょくじょう》にしているのは、東映やくざ映画の脚本家・笠原和夫《かさはらかずお》の『映画はやくざなり』（新潮社刊）のなかの『秘伝　シナリオ骨法十箇条』で、これも、目のまえに貼りだしてある。

ぼくが十代のころから、何十冊となく読んだ「小説作法」のなかで、笠原さんの『秘伝十箇条』は、最高の「小説作法」だと思う。

笠原さんは映画の世界のひとだから、シナリオと銘うっているが、小説と置き換えてもまったく問題ない。

その第一箇条は、「コロガリ」。

出だしの重要さのことで、これもぼくは拳拳服膺《けんけんふくよう》している。

『奈良いにしえ……』のプロローグがなかったとしたら、この書きだしは絶品（?）だと思う。春日大社の大鳥居をくぐって万燈籠がおこなわれている神社へと歩いている若い女性ふたり。

なんでもないことを書いているのに、これから起きる事件を予告するかのように、ムードが盛りあがって行く。

自分で自分のことを褒《ほ》めるのは恥ずかしいが、笠原さんが生きていて、『奈良いにしえ……』を読んでくれたら、コロガリに関しては満点をつけてくれるにちがいない。

ま、それはともかく、『総長賭博』『博奕打ち　いのち札』『仁義なき戦い』の脚本家、笠原さんの遺訓を金科玉条にしていることと、ぼくが東映やくざ映画の大ファンだったことを、この欄を借りて明らかにしておこう。

笠原さんは（面識はありません）ぼくと同い年。平成十四年の暮れになくなられた。

社会現象や人間関係をそのまま書くのではなく、それを物語（ドラマ）にしたうえで書く。

そのテクニックを二十五年かけてマスターしたと思うのだが、マスターしたときは時間切れ。

世の中がよくみえ、解析できるというのに、その社会現象に対する怒りや喜び、情熱をうしなってしまっていた。

イソップの寓話《ぐうわ》のような人生をいとしいと思う。

この家に住んで飼ったイヌが四匹、十八年も生きて人間の年齢だと八十歳をすぎたらしく、一昨年あたりから次々と死に、最後の一匹（モクベエ。『京都桂川殺人事件』のモデル）が去年の十二月三日に亡くなった。

ぼくはもう齢だし、散歩に連れて行くなどの世話ができないから、もう飼わないことにしよう。

そう決めていたのだが、モクベエが死んだ五日後、雑種のイヌがはいり込んで来た。

なんだか、すごく人懐《ひとなつ》っこいイヌで、うちからでて行かない。

警察に届けたところ、拾得物だそうで、三カ月経つとぼくの所有物になるという。

人懐っこい反面、やんちゃで大食い。どうやら、ビーグル犬の血をつよく引き継いでいるらしい。

『悟空《ごくう》』と名づけて、仲良く暮らしている。

近況はその程度だが、去年は金魚の孵化《ふか》が成功し、プールが結構、にぎやかになった。

今年も孵化させる予定で、春になるのを楽しみにしている。

二〇〇八年新春

木谷　恭介

JASRAC　出0800377-801

木谷恭介著作リスト（★印は宮之原警部シリーズ　＊印は絶版）

1　**赤い霧の殺人行**　トクマ・ノベルズ（徳間書店　昭58・8）／徳間文庫（平1・11）／桃園文庫（平12・6）

2　**紅の殺人海溝**　トクマ・ノベルズ（徳間書店　昭59・5）／徳間文庫（平1・2）／ハルキ文庫（平11・9）／ジョイ・ノベルス（実業之日本社　平19・8）

3　**みちのく殺人列車**　東都書房（昭59・11）／双葉文庫（昭63・2）＊

4　**小京都殺人水脈**　トクマ・ノベルズ（徳間書店　昭60・11）／徳間文庫（平2・3）／ケイブンシャノベルス（勁文社　平12・8）

5　**花舞台殺人事件**　双葉ノベルス（双葉社　昭61・2）／双葉文庫（昭62・9）／ケイブンシャノベルス（勁文社　平11・6）／桃園文庫（平16・2）

6　**梵字河原殺人事件**　桃園文庫（昭61・3）＊

7★**華道家元殺人事件**　トクマ・ノベルズ（徳間書店　昭61・9）／徳間文庫（平2・9）**京都鷹峰殺人事件**と改題／ケイブンシャ文庫（平10・1）／桃園文庫（平15・2）**京都華道家元殺人事件**と改題／ワンツーポケットノベルス（ワンツーマガジン社　平19・8）

8　**黄金殺界**　ノン・ノベル（祥伝社　昭61・9）＊

9　**京都嵐山殺人事件**　光風社ノベルス（光風社出版　昭61・11）／双葉文庫（平2・4）／桃園文庫（平11・12）

／ワンツーポケットノベルス（ワンツーマガジン社　平17・6）

10　**ヤッちゃん弁護士**　トクマ・ノベルズ（徳間書店　昭61・12）／徳間文庫（平4・3）

11　**南紀勝浦高速フェリーの死角**　サンケイノベルス（サンケイ出版　昭62・2）／廣済堂文庫（平2・5）**十津川峡谷殺人事件**と改題／桃園文庫（平13・9）／ワンツーポケットノベルス（ワンツーマガジン社　平19・5）

12　**特急《ひだ3号》30秒の死角**　双葉ノベルス（双葉社　昭62・4）／双葉文庫（昭63・11）／桃園文庫（平11・9）／コスミックミステリー文庫（平15・11）

13　**おしゃれ捜査官**　桃園ノベルス（桃園書房　昭62・5）／桃園文庫（平2・6）／祥伝社文庫（平16・7）**摩周湖殺人事件**と改題

14　**★大和いにしえ紀行殺人模様**　トクマ・ノベルズ（徳間書店　昭62・7）／徳間文庫（平3・5）／ケイブンシャ文庫（平10・11）**大和いにしえ殺人事件**と改題／桃園文庫（平15・9）／ジョイ・ノベルス（実業之日本社　平19・10）

15　**神戸・札幌殺人競争**　光風社ノベルス（光風社出版　昭62・8）＊

16　**ヤッちゃん弁護士　パートⅡ**　トクマ・ノベルズ（徳間書店　昭62・11）／徳間文庫（平4・9）

17　**軽井沢・京都殺人行**　双葉ノベルス（双葉社　昭62・12）／双葉文庫（平1・9）／ケイブンシャノベルス（勁文社　平11・9）／桃園文庫（平16・7）

18　**長崎オランダ坂殺人事件**　光風社ノベルス（光風社出版　昭63・1）／廣済堂文庫（平4・1）／ハルキ文庫

（平11・10）／ワンツーポケットノベルス（ワンツーマガジン社　平18・12）
19　**瀬戸大橋殺人海峡**　双葉ノベルス（双葉社　昭63・4）／双葉文庫（平2・9）／ケイブンシャノベルス（勁文社　平11・12）／桃園文庫（平16・12）
20　**摩周湖殺人事件**　桃園ノベルス（桃園書房　昭63・5）／桃園文庫（平5・10）／祥伝社文庫（平16・7）
21★**京都いにしえ殺人歌**　廣済堂ブルーブックス（廣済堂出版　昭63・9）／廣済堂文庫（平2・12）／桃園文庫（平9・4）／コスミックミステリー文庫（平16・5）
22　**ヤッちゃん弁護士　パートⅢ**　トクマ・ノベルズ（徳間書店　昭63・12）／徳間文庫（平4・9）
23★**加賀金沢殺人事件**　双葉ノベルス（双葉社　平1・2）／双葉文庫（平3・3）／ケイブンシャ文庫（平11・3）／ジョイ・ノベルス（実業之日本社　平17・6）
24★**殺意の海『平戸＝南紀』**　光風社ノベルス（光風社出版　平1・3）／徳間文庫（平5・10）**九州平戸殺人事件**と改題／ハルキ文庫（平13・4）／桃園文庫（平18・7）
25　**草津高原殺人事件**　廣済堂ブルーブックス（廣済堂出版　平1・6）／桃園文庫（平7・12）／廣済堂文庫（平13・3）
26★**横浜殺人ロード**　双葉ノベルス（双葉社　平1・7）／双葉文庫（平3・9）／ハルキ文庫（平13・4）**横浜中華街殺人事件**と改題／桃園文庫（平18・3）
27★**札幌時計台殺人事件**　立風ノベルス（立風書房　平1・8）／徳間文庫（平6・2）／青樹社文庫（平13・3）

／ワンツーポケットノベルス（ワンツーマガジン社　平16・8）

28★**信濃いにしえ殺人画集**　大陸ノベルス（大陸書房　平1・9）／大陸文庫（平4・5）／光風社文庫（平7・10）**信濃いにしえ殺人事件**と改題／ケイブンシャノベルス（平13・2）／ジョイ・ノベルス（実業之日本社　平17・8）

29★**野麦峠殺人事件**　光風社ノベルス（光風社出版　平1・11）／徳間文庫（平6・12）／ハルキ文庫（平13・4）

30　**函館殺人事件**　桃園ノベルス（桃園書房　平1・12）／桃園文庫（平7・3）／祥伝社文庫（平17・2）

31★**出雲いにしえ殺人事件**　廣済堂ブルーブックス（廣済堂出版　平2・1）／廣済堂文庫（平8・1）／双葉文庫（平16・2）

32★**京都渡月橋殺人事件**　双葉ノベルス（双葉社　平2・1）／双葉文庫（平4・7）／桃園文庫（平9・9）／コスミックミステリー文庫（平15・8）／ワンツーポケットノベルス（ワンツーマガジン社　平19・2）

33★**奈良いにしえ殺人絵巻**　大陸ノベルス（大陸書房　平2・3）**奈良いにしえ殺人事件**と改題／祥伝社文庫（平20・2）

34★**萩・西長門殺人事件**　双葉ノベルス（双葉社　平2・4）／双葉文庫（平4・9）／桃園文庫（平10・1）／ワンツーポケットノベルス（ワンツーマガジン社　平15・11）／ミステリーセレクション（双葉社　平17・10）

35★**小樽運河殺人事件**　立風ノベルス（立風書房　平2・7）／光風社文庫（平7・1）／ハルキ文庫（平12・7）／ワンツーポケットノベルス（ワンツーマガジン社　平17・1）

36★**仏ヶ浦殺人事件**　光風社ノベルス（光風社出版　平2・8）／廣済堂文庫（平6・5）／ハルキ文庫（平13・4）／桃園文庫（平19・5）**陸奥仏ヶ浦殺人事件**と改題／ワンツーポケットノベルス（ワンツーマガジン社　平20・2）

37★**飛騨いにしえ殺人事件**　廣済堂ブルーブックス（廣済堂出版　平2・10）／廣済堂文庫（平6・12）／桃園文庫（平11・4）

38★**京都高瀬川殺人事件**　双葉ノベルス（双葉社　平2・11）／双葉文庫（平5・3）／ケイブンシャ文庫（平12・4）／ジョイ・ノベルス（実業之日本社　平17・12）

39★**倉敷美術館殺人事件**　立風ノベルス（立風書房　平3・3）／徳間文庫（平7・4）／双葉文庫（平13・2）

40★**津軽いにしえ殺人事件**　大陸ノベルス（大陸書房　平3・4）／光風社文庫（平7・5）**津軽りんご園殺人事件**と改題／廣済堂文庫（平14・2）

41★**「吉凶の印」殺人事件**　光風社ノベルス（光風社出版　平3・6）／光風社文庫（平6・8）**「水晶の印」殺人事件**と改題／ハルキ文庫（平13・4）

42★**尾道殺人事件**　双葉ノベルス（双葉社　平3・7）／双葉文庫（平5・9）／桃園文庫（平10・7）／ワンツーポケットノベルス（ワンツーマガジン社　平15・7）

43★**釧路ぬさまい橋殺人事件**　立風ノベルス（立風書房　平3・9）／ケイブンシャ文庫（平8・10）／ワンツーポケットノベルス（ワンツーマガジン社　平17・8）

44★**加賀いにしえ殺人事件**　廣済堂ブルーブックス（廣済堂出版　平3・10）／廣済堂文庫（平7・7）／桃園文庫（平10・12）／ワンツーポケットノベルス（ワンツーマガジン社　平16・4）

45★**京都四条通り殺人事件**　双葉ノベルス（双葉社　平3・12）／双葉文庫（平6・6）／廣済堂文庫（平14・9）／ジョイ・ノベルス（実業之日本社　平18・2）

46★**名古屋殺人事件**　光風社ノベルス（光風社出版　平4・2）／光風社文庫（平8・2）**名古屋大通り公園殺人事件**と改題／廣済堂文庫（平14・5）／ワンツーポケットノベルス（ワンツーマガジン社　平19・10）

47★**四国松山殺人事件**　立風ノベルス（立風書房　平4・4）／徳間文庫（平7・9）／双葉文庫（平14・4）／ジョイ・ノベルス（実業之日本社　平18・6）

48★**神戸異人坂殺人事件**　双葉ノベルス（双葉社　平4・6）／双葉文庫（平6・9）／ケイブンシャ文庫（平12・12）／桃園文庫（平18・12）

49　**札幌薄野殺人事件**　廣済堂ブルーブックス（廣済堂出版　平4・8）／廣済堂文庫（平13・1）／ワンツーポケットノベルス（ワンツーマガジン社　平18・5）

50★**「阿蘇の恋」殺人事件**　光風社ノベルス（光風社出版　平4・9）

51★**京都柚子の里殺人事件**　双葉ノベルス（双葉社　平4・9）／双葉文庫（平6・11）／廣済堂文庫（平15・2）

52★**渋谷公園通り殺人事件**　立風ノベルス（立風書房　平4・10）／ケイブンシャ文庫（平9・5）**伊予松山殺人事件**と改題／桃園文庫（平17・7）

53★「冬の蝶」殺人事件　光風社ノベルス（光風社出版　平5・3）／光風社文庫（平8・11）／廣済堂文庫（平16・3）

54★死者からの童唄　トクマ・ノベルズ（徳間書店　平5・4）／徳間文庫（平8・2）／廣済堂文庫（平15・11）／ジョイ・ノベルス（実業之日本社　平19・11）

55★宮之原警部の愛と追跡　双葉ノベルス（双葉社　平5・4）／双葉文庫（平7・4）／ハルキ文庫（平12・2）／ジョイ・ノベルス（実業之日本社　平17・10）

56★薩摩いにしえ殺人事件　廣済堂ブルーブックス（廣済堂出版　平5・6）／廣済堂文庫（平8・5）／青樹社文庫（平13・7）

57　博多大花火殺人事件　立風ノベルス（立風書房　平5・7）／ケイブンシャ文庫（平10・7）／桃園文庫（平17・11）

58★最上峡殺人事件　光風社ノベルス（光風社出版　平5・10）／光風社文庫（平8・7）**龍神の森殺人事件**と改題／双葉文庫（平13・10）／ジョイ・ノベルス（実業之日本社　平18・4）

59★京都氷室街道殺人事件　双葉ノベルス（双葉社　平5・10）／双葉文庫（平8・2）／ケイブンシャ文庫（平13・10）／ジョイ・ノベルス（実業之日本社　平19・6）

60★京都除夜の鐘殺人事件　コスモノベルス（コスミックインターナショナル　平5・12）／廣済堂文庫（平8・12）／双葉文庫（平14・12）

61　**集魚灯の海**　四六判（ライブ出版　平6・2）
62★**大井川SL鉄道殺人事件**　トクマオーノベルス（徳間オリオン　平6・2）／徳間文庫（平9・8）／双葉文庫（平16・11）
63★**美濃淡墨桜殺人事件**　トクマ・ノベルズ（徳間書店　平6・4）／徳間文庫（平10・4）／双葉文庫（平17・1）
64★**美幌峠殺人事件**　双葉ノベルス（双葉社　平6・6）／双葉文庫（平8・12）／廣済堂文庫（平17・11）
65★**能登いにしえ殺人事件**　廣済堂ブルーブックス（廣済堂出版　平6・7）／廣済堂文庫（平9・11）／双葉文庫（平15・6）
66**「家康二人説」殺人事件**　日文ノベルス（日本文芸社　平6・9）／日文文庫（平9・6）
67★**室戸無差別殺人岬**　光風社ノベルス（光風社出版　平6・10）／光風社文庫（平9・6）**室戸岬殺人事件**と改題／桃園文庫（平14・6）／ワンツーポケットノベルス（ワンツーマガジン社　平18・9）
68★**京都桂川殺人事件**　双葉ノベルス（双葉社　平6・11）／双葉文庫（平9・4）／徳間文庫（平14・4）／ジョイ・ノベルス（実業之日本社　平18・10）
69★**富良野ラベンダーの丘殺人事件**　廣済堂ブルーブックス（廣済堂出版　平7・3）／廣済堂文庫（平9・6）／徳間文庫（平16・7）／ジョイ・ノベルス（実業之日本社　平19・4）
70★**西行伝説殺人事件**　立風ノベルス（立風書房　平7・3）／ハルキ文庫（平11・12）／徳間文庫（平19・3）

71★謀殺列島・赤の殺人事件　トクマ・ノベルズ（徳間書店　平7・3）／徳間文庫（平11・11）

72★謀殺列島・青の殺人事件　トクマ・ノベルズ（徳間書店　平7・4）／徳間文庫（平11・12）

73★謀殺列島・緑の殺人事件　トクマ・ノベルズ（徳間書店　平7・5）／徳間文庫（平12・1）

74★謀殺列島・紫の殺人事件　トクマ・ノベルズ（徳間書店　平7・6）／徳間文庫（平12・2）

75★謀殺列島・黄金の殺人事件　トクマ・ノベルズ（徳間書店　平7・7）／徳間文庫（平12・3）

76★長崎キリシタン街道殺人事件　双葉ノベルス（双葉社　平7・9）／双葉文庫（平9・10）／徳間文庫（平16・4）

77★知床岬殺人事件　光風社ノベルス（光風社出版　平7・9）／光風社文庫（平10・3）／桃園文庫（平14・9）／ワンツーポケットノベルス（ワンツーマガジン社　平18・1）

78★京都紅葉伝説殺人事件　廣済堂ブルーブックス（廣済堂出版　平7・10）／廣済堂文庫（平10・11）／徳間文庫（平18・11）

79★出雲松江殺人事件　光風社ノベルス（光風社出版　平7・12）／光風社文庫（平11・3）／ジョイ・ノベルス（実業之日本社　平16・12）

80★土佐わらべ唄殺人事件　トクマ・ノベルズ（徳間書店　平8・1）／徳間文庫（平10・9）／廣済堂文庫（平16・7）

81★みちのく滝桜殺人事件　廣済堂ブルーブックス（廣済堂出版　平8・3）／廣済堂文庫（平10・5）／徳間文庫

（平17・4）

82★**信濃塩田平殺人事件**　双葉ノベルス（双葉社　平8・6）／双葉文庫（平10・9）／廣済堂文庫（平18・4）**信濃陶芸の里殺人事件**と改題

83★**日南海岸殺人事件**　光風社ノベルス（光風社出版　平8・8）／光風社文庫（平12・3）／ハルキ文庫（平17・9）

84★**阿寒湖わらべ唄殺人事件**　トクマ・ノベルズ（徳間書店　平8・9）／徳間文庫（平11・5）／廣済堂文庫（平17・7）

85★**越後親不知殺人事件**　ケイブンシャノベルス（勁文社　平8・11）／ケイブンシャ文庫（平11・6）／徳間文庫（平15・1）

86★**鎌倉釈迦堂殺人事件**　廣済堂ブルーブックス（廣済堂出版　平8・12）／廣済堂文庫（平11・7）／双葉文庫（平19・2）

87★**「お宝鑑定」殺人事件**　双葉ノベルス（双葉社　平9・1）／双葉文庫（平12・5）／廣済堂文庫（平18・10）

88★**四国宇和島殺人事件**　廣済堂ブルーブックス（廣済堂出版　平9・3）／廣済堂文庫（平11・11）／双葉文庫（平19・12）

89★**五木の子守唄殺人事件**　トクマ・ノベルズ（徳間書店　平9・4）／徳間文庫（平12・7）／廣済堂文庫（平19・5）

90★信濃塩の道殺人事件　ケイブンシャノベルス（勁文社　平9・6）／ケイブンシャ文庫（平11・11）／徳間文庫（平15・8）

91★京都百物語殺人事件　双葉ノベルス（双葉社　平9・7）／双葉文庫（平12・8）／徳間文庫（平18・7）

92★函館恋唄殺人事件　廣済堂ブルーブックス（廣済堂出版　平9・9）／廣済堂文庫（平12・7）／ジョイ・ノベルス（実業之日本社　平18・8）／徳間文庫（平19・11）

93★吉野十津川殺人事件　トクマ・ノベルズ（徳間書店　平9・9）／徳間文庫（平13・2）

94★蓮如伝説殺人事件　ケイブンシャノベルス（勁文社　平9・11）／ケイブンシャ文庫（平12・9）／ハルキ文庫（平15・10）

95★京都「細雪」殺人事件　トクマ・ノベルズ（徳間書店　平9・12）／徳間文庫（平12・11）／ジョイ・ノベルス（実業之日本社　平19・2）

96★九州太宰府殺人事件　双葉ノベルス（双葉社　平10・1）／ハルキ文庫（平13・4）

97★若狭恋唄殺人事件　廣済堂ブルーブックス（廣済堂出版　平10・3）／ハルキ文庫（平13・4）／廣済堂文庫（平17・4）

98★みちのく紅花染殺人事件　ケイブンシャノベルス（勁文社　平10・4）／ケイブンシャ文庫（平13・5）／ハルキ文庫（平17・3）

99★木曽恋唄殺人事件　トクマ・ノベルズ（徳間書店　平10・6）／徳間文庫（平13・7）

100★淡路いにしえ殺人事件　光風社ノベルス（光風社出版　平10・7）／光風社文庫（平13・10）／徳間文庫（平17・11）
101★襟裳岬殺人事件　ケイブンシャノベルス（勁文社　平10・8）／ケイブンシャ文庫（平14・2）／徳間文庫（平17・4）
102★「邪馬台国の謎」殺人事件　廣済堂ブルーブックス（廣済堂出版　平10・10）／廣済堂文庫（平12・9）
103★京都木津川殺人事件　トクマ・ノベルズ（徳間書店　平10・11）／徳間文庫（平13・11）
104★飛騨高山殺人事件　双葉ノベルス（双葉社　平11・1）
105★新幹線《のぞみ47号》消失！　トクマ・ノベルズ（徳間書店　平11・3）／徳間文庫（平14・8）
106★豊後水道殺人事件　ケイブンシャノベルス（勁文社　平11・4）／ハルキ文庫（平14・12）
107★安芸いにしえ殺人事件　廣済堂ブルーブックス（廣済堂出版　平11・6）／廣済堂文庫（平13・7）／徳間文庫（平19・7）
108★丹後浦島伝説殺人事件　ハルキ・ノベルス（角川春樹事務所　平11・8）／ハルキ文庫（平13・4）／徳間文庫（平16・4）
109★京都呪い寺殺人事件　トクマ・ノベルズ（徳間書店　平11・9）／徳間文庫（平15・4）
110★札幌源氏香殺人事件　ハルキ・ノベルス（角川春樹事務所　平11・11）／ハルキ文庫（平14・6）
111★菜の花幻想殺人事件　ハルキ・ノベルス（角川春樹事務所　平12・4）／ハルキ文庫（平15・3）

112 **★百万塔伝説殺人事件**　ケイブンシャノベルス（勁文社　平12・5）／廣済堂文庫（平15・7）
113 **★京都石塀小路殺人事件**　トクマ・ノベルズ（徳間書店　平12・6）／徳間文庫（平15・11）
114 **★東北三大祭り殺人事件**　ハルキ・ノベルス（角川春樹事務所　平12・8）／ハルキ文庫（平16・1）
115 **★鉄道唱歌殺人事件**　ジョイ・ノベルス（実業之日本社　平12・9）／双葉文庫（平15・10）
116 **★加賀百万石伝説殺人事件**　ハルキ・ノベルス（角川春樹事務所　平12・12）／ハルキ文庫（平16・5）
117 **★世界一周クルーズ殺人事件**　四六版（角川春樹事務所　平13・10）
118 **★京都小町塚殺人事件**　トクマ・ノベルズ（徳間書店　平14・9）／徳間文庫（平16・11）
119 **★奥三河香嵐渓殺人事件**　ジョイ・ノベルス（実業之日本社　平14・11）／双葉文庫（平18・8）
120 **★遠州姫街道殺人事件**　ノン・ノベル（祥伝社　平14・12）／祥伝社文庫（平17・6）
121 **★横浜馬車道殺人事件**　双葉ノベルス（双葉社　平15・5）／双葉文庫（平17・9）
122 **★京都吉田山殺人事件**　トクマ・ノベルズ（徳間書店　平15・7）／徳間文庫（平17・8）
123 **★舘山寺心中殺人事件**　トクマ・ノベルズ（徳間書店　平16・3）／徳間文庫（平18・4）
124 **★天草御所浦殺人事件**　ハルキ・ノベルス（角川春樹事務所　平16・9）／ハルキ文庫（平19・2）
125 **★三河高原鳳来峡殺人事件**　廣済堂ブルーブックス（廣済堂出版　平16・12）／廣済堂文庫（平19・3）
126 **★女人高野万華鏡殺人事件**　ジョイ・ノベルス（実業之日本社　平17・4）
127 **★石見銀山街道殺人事件**　ノン・ノベル（祥伝社　平17・9）

128★**津軽十三湖殺人事件**　双葉ノベルス（双葉社　平19・1）
129★**紺屋海道・蔵の町殺人事件**　トクマ・ノベルズ（徳間書店　平19・11）

このリストは平成20年2月現在のもので、ミステリーのみを収録したものです。
＊印以外は順次再刊の予定。

注・この作品は、平成二年三月大陸書房より新書判として刊行された『奈良いにしえ殺人絵巻』を著者が大幅に加筆・修正したものです。なお、文庫化に際し改題いたしました。——編集部

一〇〇字書評

切り取り線

購買動機（新聞、雑誌名を記入するか、あるいは○をつけてください）	
□（　　　　　　　　　）の広告を見て	
□（　　　　　　　　　）の書評を見て	
□ 知人のすすめで	□ タイトルに惹かれて
□ カバーがよかったから	□ 内容が面白そうだから
□ 好きな作家だから	□ 好きな分野の本だから

●最近、最も感銘を受けた作品名をお書きください

●あなたのお好きな作家名をお書きください

●その他、ご要望がありましたらお書きください

住所	〒				
氏名		職業		年齢	
Eメール	※携帯には配信できません		新刊情報等のメール配信を希望する・しない		

あなたにお願い

この本の感想を、編集部までお寄せいただけたらありがたく存じます。今後の企画の参考にさせていただきます。Eメールでも結構です。

いただいた「一〇〇字書評」は、新聞・雑誌等に紹介させていただくことがあります。その場合はお礼として特製図書カードを差し上げます。

前ページの原稿用紙に書評をお書きの上、切り取り、左記までお送り下さい。宛先の住所は不要です。

なお、ご記入いただいたお名前、ご住所等は、書評紹介の事前了解、謝礼のお届けのためだけに利用し、そのほかの目的のために利用することはありません。またそのデータを六カ月を超えて保管することもありませんので、ご安心ください。

〒一〇一‐八七〇一
祥伝社文庫編集長　加藤　淳
☎〇三（三二六五）二〇八〇
bunko@shodensha.co.jp

祥伝社文庫

上質のエンターテインメントを！　珠玉のエスプリを！

祥伝社文庫は創刊15周年を迎える2000年を機に、ここに新たな宣言をいたします。いつの世にも変わらない価値観、つまり「豊かな心」「深い知恵」「大きな楽しみ」に満ちた作品を厳選し、次代を拓く書下ろし作品を大胆に起用し、読者の皆様の心に響く文庫を目指します。どうぞご意見、ご希望を編集部までお寄せくださるよう、お願いいたします。

2000年1月1日　　祥伝社文庫編集部

奈良《なら》いにしえ殺人事件《さつじんじけん》　長編旅情ミステリー

平成20年2月20日　初版第1刷発行

著者　木《こ》谷《たに》恭《きよう》介《すけ》

発行者　深澤健一

発行所　祥《しよう》伝《でん》社《しや》

東京都千代田区神田神保町3-6-5
九段尚学ビル　〒101-8701
☎03（3265）2081（販売部）
☎03（3265）2080（編集部）
☎03（3265）3622（業務部）

印刷所　萩原印刷

製本所　ナショナル製本

ISBN978-4-396-33405-5　C0193

祥伝社のホームページ・http://www.shodensha.co.jp/

祥伝社文庫

内田康夫　津和野《つわの》殺人事件

死の直前に他人の墓を暴こうとしていた長老・勝蔵。四〇〇年の歴史を持つ朱鷺《とき》一族を襲う連続殺人とは？

内田康夫　小樽《おたる》殺人事件

早暁の港に浮かぶ漂流死体、遺品に残された黒揚羽《くろあげは》…捜査を開始した浅見は、やがて旧家を巡る歴史的怨恨に迫る。

内田康夫　薔薇《ばら》の殺人

殺された少女は元女優の愛の結晶？悲劇の真相を求め、浅見は宝塚へ向かった。犯人の真意は、どこに？

内田康夫　鏡の女

初恋相手を訪ねた浅見を待ち受けていたのは、彼女の死の知らせだった。鏡台に残された謎の言葉とは？

内田康夫　風葬の城

白虎隊のふるさと、会津の漆器工房を訪れた浅見光彦が、変死体の第一発見者に！

内田康夫　鯨の哭《な》く海

漁師人形に銛が突き刺されていた！「くじらの博物館」の不気味な展示物は何のメッセージなのか!?